Arnd Raeder

Mein Weg! Dein Weg?

Das Buch:

Eines späten Abends erwischte ich mich dabei, wie ich vor dem Rechner sitze und ein Buch schreibe. Na gut dachte ich mir, wenn es so sein soll. Und so wurde das Buch für eine Zeit der Mittelpunkt meines Lebens. Und ein spannender Mittelpunkt, das kann ich Ihnen sagen. Es ist immer wieder aufregend zu sehen, was aus einer Idee wird, wenn man sie erst durch den Bauch, dann durch Kopf und letztlich durch den Rechner jagt. Ich war immer wieder verblüfft und überrascht was da am Ende auf dem Papier steht. Und so ist Schreiben für mich immer wieder spannend und voller Überraschungen.

Jetzt halten Sie das Buch in der Hand und ich lade Sie ein, sich diesen Teil meines Weges anzuschauen. Nicht nur zum anschauen, sondern letztendlich zum mittun. Zum Nutzen aller. Das ist das Anliegen. Gemeinsames Tun zum Nutzen aller. Klingt gewaltig und ist doch so einfach. Schauen Sie selbst und lassen Sie sich entführen in eine schönere Welt.

Autor:

Arnd Raeder, eine echte Berliner Pflanze, die vor 3 Jahren nach Potsdam gezogen ist. Vom Fernfahrer über den Dozenten zum Autor, viel von der Welt gesehen und viel erlebt. Und ein unentwegtes Studium bei dem größten Lehrmeister unter der Sonne. Viele Lektionen gelernt, manche auch nicht ganz freiwillig und immer auf dem Weg. Das LEBEN, unser aller großer Lehrmeister hat mich hierher gebracht und wird mich immer weiter begleiten.

Mehr unter www.mein-weg-dein-weg.de

Arnd Raeder

Mein Weg!
Dein Weg?

Unterwegs auf dem Lebensweg

Bibliografische Information der Deutschen Nationalbibliothek
Die Deutsche Nationalbibliothek verzeichnet diese Publikation in der Deutschen Nationalbibliografie; detaillierte bibliografische Daten sind im Internet über http://dnb.d-nb.de abrufbar.

© 2010 Arnd Raeder
Illustration: Katharina Hauer
Satz, Umschlaggestaltung, Herstellung und Verlag:
Books on Demand GmbH, Norderstedt
ISBN 978-3-8391-7834-8

www.mein-weg-dein-weg.de

Inhalt

Vorwort:

Dieses kleine Buch ist dem Motto gewidmet:

Wenn 1000 kleine Leute, 1000 kleine Schritte tun so können sie Großes erreichen.

Lies es, nehme Dir das heraus, was zu Dir passt. Wie ein Hemd, das die richtige Größe haben muss, damit man sich darin wohl fühlt. So gibt es hier für jeden seinen individuellen Teil, der ihn inspiriert, ermuntert und erfreut. Und da alles Eins ist, trägt so jeder zum großen Ganzen bei. Und wie im Laden nehme Dir das, was Du möchtest, was Dir zusagt. Du kaufst ja auch keinen ganzen Laden leer.

Und dieses Buch ist kein Lesebuch, sondern wirkt erst, wenn es ein **Tu- Buch** wird. Jeden Abend um 22.00 Uhr.

In dieses Büchlein hat sich auch eine kleine Denksportaufgabe eingeschlichen. Wie bei den Fehlerfindefotos. Viel Spaß dabei.

Arnd Raeder

Es geht um

10 mal um 10

Abends um 10 Uhr, für die meisten Leute wohl die Zeit vor dem Schlafengehen, wollen wir gemeinsam eine Affirmation sprechen, 10mal.

Affirmation, ja wie erkläre ich es am besten? Viele werden es schon kennen und für die, die hier spannendes Neuland betreten, will ich es kurz erläutern. Wer will, kann dazu ganz dicke Wälzer studieren und meine Erklärung ist sicher nicht allumfassend, aber ich denke, das Wichtigste steckt darin.

Es geht darum, unserem Unterbewusstsein zu sagen, was wir wollen. Unser ach so verehrter Verstand macht ja nur einen kleinen Teil unseres Geistes aus, einen sehr kleinen Teil. Und all die Dinge, die wir sozusagen automatisiert tun, steuert unser Unterbewusstsein. Atmen zum Beispiel.

Oder: Gehirn an Körper: wir trinken ein lecker Glas Wein: Unterbewusstsein an Hand: Glas greifen, zum Mund führen und Inhalt langsam und genüsslich in den Mund fließen lassen... so oder so ähnlich. Die Steuerung jedes einzelnen Muskels, der dafür nötig ist, würde den Verstand sicher überfordern und uns auch um den Genuss des Weines bringen.

Und unser Unterbewusstsein steuert auch die sonstigen automatisierten Vorgänge.

Wer kann sich noch an seine ersten Versuche mit dem Fahrradfahren erinnern? Da versucht der Verstand das Gleichgewicht zu halten, gleichzeitig zu treten, zu schauen wo sich Hindernisse befinden, wie Hunde, Gebüsche, Elternteile und so weiter. Und damit ist unser Verstand überfordert. Also was tun? Die Aufgabe an den abgeben, der das drauf hat. Das Unterbewusstsein.

Und so ist der Lernprozess letztlich nur eine Aufgabendelegierung mit Kontrolle und Überwachung. Dabei greifen auch noch Eigenschaften wie Angst, Vorsicht, Mut, Geschicklichkeit ein. Nach einer gewissen Zeit kann das Unterbewusstsein das dann allein und wir können beim Fahrradfahren erzählen, telefonieren, die Gegend genießen, essen oder freihändig fahren.

Beim Tanzen findet derselbe Prozess statt und die Eleganz, der Schwung und der Fluss kommen erst, wenn die Tanzschritte fest im Unterbewusstsein verankert sind. Und erst dann macht es so richtig Spaß und bringt Lebensfreude ohne Ende. Der Verstand tut sich allerdings mit dem Tanzen sehr, sehr schwer.

Aber was das Unterbewusstsein wirklich macht, ist unser Leben zu steuern. Und da wird es so richtig interessant. Auf äußere Reaktionen reagieren wir meist mit einem automatisierten Programm.

Der Partner meckert und ich rufe das Programm „beleidigte Leberwurst" auf. Vollautomatisch. Wenn es so programmiert ist. Funktioniert wunderbar, hilft nur nicht weiter. Löst das Problem nicht.

Und das kleine Männchen mit dem Glücksschild nimmt natürlich auch reiß aus. Und so stecken viele, viele Programmierungen in uns. Heerscharen von Psychologen, Ärzten, Gurus und Dozenten leben davon, und manchmal nicht schlecht, diese uneffektiven Programme zu verbessern. Und häufig ist es so, dass wir uns von anderen kritiklos programmieren lassen. Die Presse und die Werbung zum Beispiel sind hier fleißig am Tun. Aber, und das ist wohl das Geheimnis an der Story, besser ist es, wenn ich selbst die Programmierung übernehme.

Unter dem Motto:

Es ist mein Leben

und ich bestimme es selbst!!!

Und da kommen nun die Affirmationen ins Spiel. Mit diesen Affirmationen können wir unserem Unterbewusstsein Bescheid sagen, was wir wirklich wollen. Dabei spielen noch andere weit reichende Dinge eine Rolle, aber für hier soll es reichen.

Nun ist ja das Unterbewusstsein nicht so, dass es alle Infos gleich übernimmt. Das gäbe sicher auch ein ziemliches durcheinander. Also muss man es regelmäßig mit den Infos füttern. Wie steter Tropfen auf den Stein.

Das tun wir sowieso, ständig. Wenn wir im Laden stehen und denken: „das ist mir zu teuer", „das kann ich mir nicht leisten". Superprogrammierung!!!!, führt mit absoluter Sicherheit dazu, dass ich es mir wirklich nicht leisten kann.

Und nun gilt es Programmierungen zu tätigen, die uns wirklich weiterhelfen und uns unseren Zielen näher bringen und diese letztlich auch umsetzen.

Und nun zur Idee.

Nehme Dir die Affirmation von der letzten Seite des Buches und gestalte sie selbst. Male, schreibe, gestalte es auf dem Rechner, wie immer Du magst. Das Selbstmachen hat den riesigen Vorteil, dass die Affirmation so ganz automatisch auf unserer Festplatte, unserem Oberstübchen, landet. Und ein umständliches Lernen fällt aus, wegen is´ nich´. Und das kommt dann meiner natürlichen Faulheit sehr entgegen.

Dann die Affirmation gut sichtbar im häuslichen Bereich verteilen, dass sie uns ständig begleitet. Am Badspiegel, am Kühlschrank, im

Büro, im Auto zum Beispiel. Da muss man nicht jedes Mal lesen, der Kick genügt.

Wichtig, oberwichtig sogar: Locker bleiben, mit Entspannungsübungen geht es noch besser, also runterfahren, jeder wie er mag, Atemübungen, autogenes Training, progressive Muskel Entspannung, Yoga, oder einfach nur tief durchatmen.

Es gibt 2 Dinge, die diese Affirmationen in der Wirkung einschränken: Ungeduld und Erwartungsdruck. Also immer locker und geschmeidig bleiben und Geduld haben.

Dann folgender Plan: Abends um 22.00 Uhr wird die Affirmation 10mal gesprochen, möglichst regelmäßig, ohne Druck, als Freude und mit Begeisterung!!!

Wichtig!!!! Wenn es mal ausfällt, weil es nicht passt, ist ok.. Es ist Dein Leben, da darfst Du machen was Du willst. Aber sei Dir bewusst, dass an jedem Tag viele Menschen diese Affirmation sprechen und so auch für Dich. Und das darfst Du von Herzen zurückgeben. Am nächsten Tag, nachdem Du so großzügig erhalten hast. Denn da wir alle Eins sind, verstärkt sich die Wirkung natürlich gewaltig, wenn es viele, viele Menschen tun. Und die Dinge werden sich in jedem Leben zeigen, mal im Kleinen, wo man genau hinschauen muss, mal im Großen, dass einem die Spucke wegbleibt. Und so können wir kleinen Leute (die Großen dürfen natürlich auch) viel bewegen.

Es hat sich für mich eine Affirmation entwickelt, die alles umfasst und so einen positiven Einfluss auf mein Leben hat, dass ich sie hier vorstellen möchte. Eine Wirkung davon ist zum Beispiel dieses Buch. Die Affirmation ist allgemein gefasst und ist in ihrer Wirkung universell. Wer persönliche Ziele hinzufügen will, kann dies im Anschluss tun und eine eigene Affirmation entwickeln. Und oft findet die richtige Affirmation auch zu uns. Aber die gemeinsame Affirmation darf so erhalten bleiben, um die Wirkung zu erhöhen.

Entsprechende Literatur zum Entwickeln eigener Affirmationen ist im Anhang genannt.

Das ist der Plan.

Also, wir treffen uns jeden Tag um 22.00 Uhr, ich freu mich!!!!!

Wir sind

ganz, perfekt und dankbar

stark, mächtig und reich,

voll Liebe, Harmonie und Glück

Ja!!!!!

Ich möchte jetzt die einzelnen Worte der Affirmation aus meiner Sicht erläutern. Ich denke, das ist zum Verständnis wichtig. Die Sprache als solche ist ein relativ unkonkretes Kommunikationsmittel. Die vielen großen und kleinen Missverständnisse sind ein klarer Beweis dafür. Es fällt jedem bestimmt eine eigene Geschichte dazu ein. Bei der man sich hinterher an den Kopf fasst. Vorher aber eine ganz große Welle geschlagen hat.

Und so hat jeder zu den Begriffen ein unterschiedliches Verständnis. Schau einfach, was ist Dein Verständnis, schau Dir mein Verständnis an und entwickle daraus Deine eigene Meinung. Hört sich kompliziert an, läuft aber beim Lesen vollautomatisch im Hintergrund ab. Dann viel Spaß beim Lesen und Meinung bilden, und zwar die **Eigene**. Fremde Meinungen bekommen wir tagtäglich zur Genüge übergeholfen.

Wir

Diese Affirmation kann man auch mit „ich" sprechen. Also „ Ich bin ganz, perfekt und dankbar; stark....." Das ist der Plan für den Tag. Wann immer Dir danach ist, kannst Du die Affirmation sprechen. Dein Leben lang, und das gute Gefühl dabei und die positive Wirkung wird Dich begleiten. Es ist wie beim Lernen, die Wiederholung ist die Mutter des Lernens und der Vater ist unerkannt entkommen. Je öfter umso besser. Das Unterbewusstsein muss es so oft hören, dass es in jeder Lebenslage, im Schlaf, im Stress oder wann auch immer, darauf zurückgreift. Und dann beginnt es zu wirken. Nicht im großen Wunder, sondern in den kleinen Dingen und wird wachsen und gedeihen wie ein gut gepflegter Baum. Und solange wachsen und gedeihen wie Du willst. Du bestimmst es, es ist Dein Leben.

Das „Wir" ist für den Abend, denke an alle Menschen, die wichtig für Dich sind, im Guten, das ist leicht, aber auch im Schlechten, das ist schwerer. Das gelingt mir auch nicht immer. Aber es ist ok. So gut es gelingen mag. Immer daran denken, mit Leichtigkeit und Freude. Das ist der Schlüssel. Sei Dir bewusst, dass überall, in Berlin, in Konstanz, in München, in Münster, in Stralsund, in Potsdam, in Dortmund, in Bad Hersfeld und, und, und Menschen sind, die diese Affirmation auch für Dich sprechen. Und versuche dem Gefühl zu folgen. Wie fühlt es sich an, dass so viele Menschen jetzt dasselbe tun wie Du, dieselben Worte, derselbe Wunsch nach Glück und Erfüllung im Leben. Für mich ist es immer ein großes Ereignis, jeden Abend.

Und dann gibt es noch eine Möglichkeit, von der Du reichlich Gebrauch machen darfst. Falls in Dir das Gefühl ist, da ist jemand, dem Du helfen möchtest, dann kannst Du diese Affirmation auch für diesen Menschen sprechen. Setze einfach den Namen an den Anfang, statt ich oder wir. Also „Marion ist ganz, perfekt und dankbar; stark.............". Und so unglaublich es im ersten Moment klingt, es wirkt, auch wenn der Empfänger nichts davon weiß. Erstaunlich aber wahr. Und so kannst Du hier Gutes tun und glaube mir, es tut gut. Gerade wenn man sich hilflos fühlt und nicht weiß wie man helfen soll. Aber da wir alle Eins sind, wirkt die Affirmation eben auch bei anderen. Dabei ist es vollkommen unabhängig davon, ob der Empfänger an solche Dinge glaubt. Es wirkt und gut ist.

Sind

Was wir sind, das zeigt sich im Außen, in dem was viele Menschen Realität nennen. Das manifestiert sich in unserem Leben. Das, was wir denken, werden wir erhalten. Unsere Gedanken sind der Kompass und die Stärke in unserem Leben.

Dazu eine kleine Geschichte voller Weisheit aus dem Chinesischen.

Es gibt einen Spiegelsaal, in dem man sich 500mal selbst sieht. Und in diesen Saal läuft nun ein kleiner Hund. Grimmig schaut er drein und 500 grimmige Hunde schauen zurück. Da fängt er wütend an zu bellen und 500 wütende Hunde bellen zurück, immer wütender und immer böser. Und je wütender und grimmiger unser kleiner Hund wird, umso wütender und grimmiger werden die anderen kleinen Hunde. Unser kleiner Hund ergreift die Flucht und denkt: diese Welt ist voller böser, grimmiger Hunde, voller Kampf und Gewalt, eine böse Welt.

Einige Tage später, wie es der Zufall will, ist ein anderer kleiner Hund dabei, die Welt zu erkunden. Dabei läuft er freudig in den Spiegelsaal, mit strahlendem Gesicht und wedelndem Schwanz voller Freude und Spaß tollt er herum, schlägt die schönsten Hundepurzelbäume und hat einen Riesenspaß. Und was für eine Freude, 500 Freunde sind hier versammelt und freuen sich und wedeln mit dem Schwanz und tollen herum, schlagen die schönsten Hundepurzelbäume und haben einen Riesenspaß. Was für ein schöner Tag und was für eine schöne Welt, denkt sich unser kleiner Hund.

Und so ist das, was ich von der Welt denke, das was ich erleben werde. Und das Wunderbare ist, ich bestimme es selbst, ich entscheide in jedem Augenblick, wie ich die Welt sehe, und so erlebe ich dann auch die Welt für mich.

Denkt man zerstreut in den Tag hinein, ohne Ziel und Richtung, so wird das Ergebnis im Leben entsprechend aussehen. Der Kapitän, der sein Ziel nicht kennt, braucht sich nicht zu wundern, wenn er woanders ankommt.

Gelingt es uns, konstruktiv zu denken und Herr über unsere Gedanken zu sein, so wird sich das Leben danach richten und entsprechende Ergebnisse liefern. Dazu gibt es eine einfache Methode, dem eigenen Denken nachzuspüren. Versuche einfach 10 Minuten konzentriert nur an eine Sache zu denken. Mir fällt es immer noch schwer, obwohl ich schon lange daran arbeite, aber es wird besser und das ist das Entscheidende.

Wir sind auf dem Weg und den Weg richtig zu leben, das ist die Aufgabe. Ein erreichtes Ziel ist schön, aber dann hetzen wir wieder zum nächsten Ziel. Typisches Beispiel: Familie baut ein Haus, im Schweiße ihres Angesichts und hat während der Bauphase ein großes Ziel, das alle zusammenschweißt und schier unlösbare Hürden überwindet. Und dann? Das Haus ist fertig, das Ziel erreicht und all zu oft trennen sich die Partner.

Ich sehe es mittlerweile so, dass wir alle auf dem Weg sind, einer weiter voran, der andere langsamer, mancher scheint stehen zu bleiben. Jeder in seinem Tempo, und wer versucht zu schnell zu laufen, den stoppt der Körper, und wer zu langsam ist, den besucht das Glücksgefühl eher selten. So muss jeder sein Tempo finden und dann kann er wundervolles für sich und die Welt vollbringen. Den Weg zu leben in all seiner Pracht und Herrlichkeit, das ist das wahre Ziel.

Und unsere Ziele, brauchen wir, um zu wissen in welche Richtung wir laufen.

Ganz:

Bei dem Verständnis des Begriffs Ganz in der Affirmation, müssen wir uns ein wenig von der weit verbreiteten Lehrmeinung entfernen. Das in seiner ganzen Weite zu erläutern, füllt sicher große dicke Bücher und kann für Dich ein Anreiz sein, Dich intensiver damit auseinanderzusetzen und andere spannende Bücher dazu zu lesen.

Wir leben in einer spannenden Zeit. Egal von welcher Seite wir uns anschleichen, aus den verschiedensten Richtungen kommen wir zu demselben Ergebnis.

Sowohl die Quantenphysik und Hirnforschung, als auch die spirituellen Lehren und Religionen haben im Kern die Erkenntnis, dass alles Eins ist. Im universellen Bewusstsein miteinander verbunden. Die Menschen, die Natur, die Pflanzen und Tiere, die Erde, das Universum:

Alles ist Eins.

Wir sind wie ein Tropfen im Meer, Teil des großen Ganzen. Sieh Dir die Übersicht auf der nächsten Seite an und lasse es wirken.

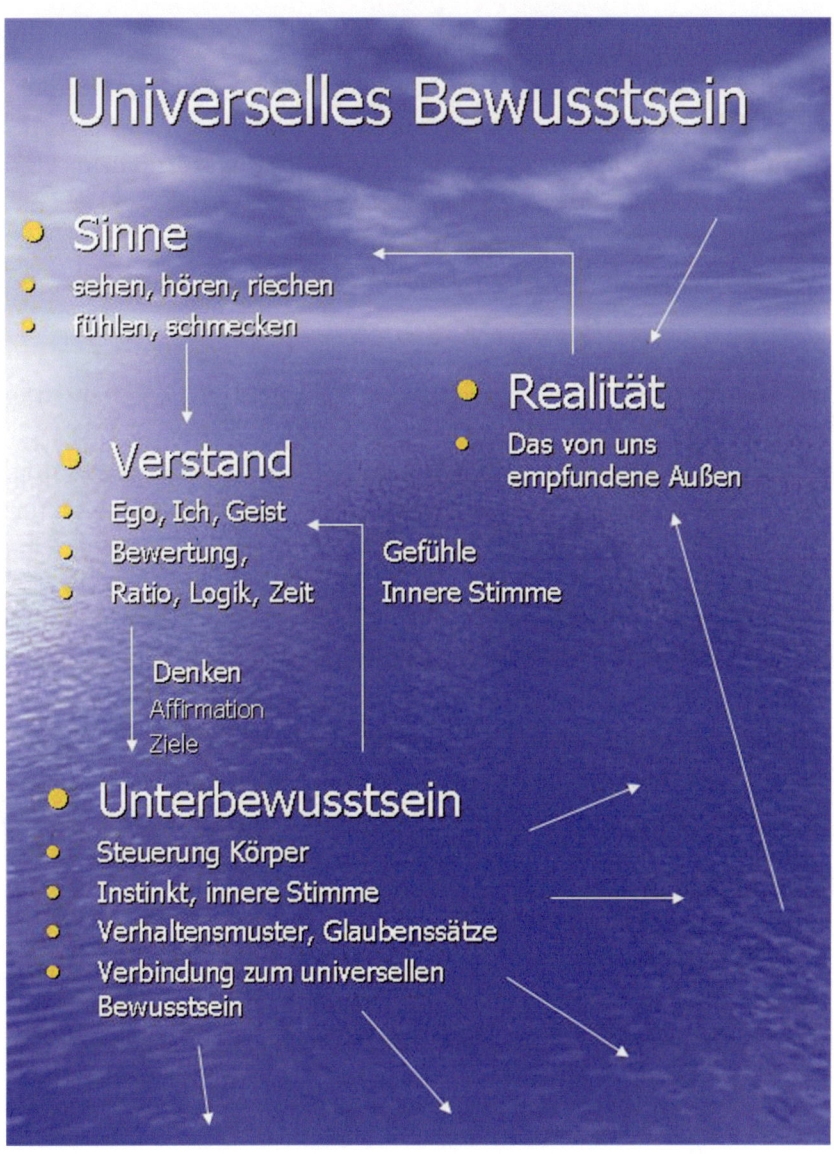

Universelles Bewusstsein

Sinne
- sehen, hören, riechen
- fühlen, schmecken

Verstand
- Ego, Ich, Geist
- Bewertung,
- Ratio, Logik, Zeit

Denken
Affirmation
Ziele

Realität
- Das von uns
  empfundene Außen

Gefühle
Innere Stimme

Unterbewusstsein
- Steuerung Körper
- Instinkt, innere Stimme
- Verhaltensmuster, Glaubenssätze
- Verbindung zum universellen
  Bewusstsein

Das kann man sich vielleicht vorstellen wie ein Ameisenhaufen. Eine einzelne Ameise ist weder in der Lage zu überleben, noch ist sie in der Lage, den Nutzen für die Natur zu bringen, wie ein Ameisenvolk. Auf wundersame Weise wissen alle Ameisen, was sie zu tun haben. Und bauen, wenn man die Fertigkeiten einer einzelnen Ameise ansieht, erstaunliche Behausungen. Wie von Zauberhand werden alle Tätigkeiten ausgeführt, die erforderlich sind, um den Bestand und das Wachstum des Volkes zu fördern.

Bei uns Menschen kommt jetzt noch etwas dazu. Das Denken. Nicht wie bei den Ameisen, wo eine gemeinsame Intelligenz die Steuerung bewirkt.

So sind wir Menschen auch nur in der Gesamtheit überlebensfähig. Es gibt zwar spannende Ausnahmen, aber der normale Otto- Normalverbraucher würde sicher in freier Wildbahn nicht lange erfolgreich existieren können und konnte es auch in der Steinzeit nicht. Wir sind immer auf unser Rudel angewiesen. Und dieses Rudel wird auf wundersame Weise durch unser Denken gesteuert. Jeder trägt dazu bei. Und was wir denken, beeinflusst unser Leben. Denken wir, alles ist schwer und mühsam. Dein Wille geschehe, alles ist schwer und mühsam. Vollautomatisch. Denke ich alles ist leicht und mühelos und habe ich dazu eine dankbare Einstellung, so wird sich das Leben ganz anders anfühlen. Das strahle ich nach außen aus und die Umstände und die Menschen werden darauf reagieren. Ein Kämpfer wird immer seinen Kampf finden. Und der Friedliche wird in Frieden leben.

Ich weiß in der Schule haben wir etwas anderes gelernt. Aber entscheide selbst. Weiterführende Literatur gibt es in Hülle und Fülle. Und Du darfst denken, was Du willst. Es ist immer richtig. Was immer Du denkst. Es gibt kein Richtig oder Falsch. Die Wahrheit, die für Dich stimmig ist, ist richtig, ist Deine Wahrheit. So wie meine Wahrheit für mich stimmig ist. Und mit dieser Erkenntnis öffnen wir das Tor zur Harmonie, mit der wir uns später noch beschäftigen werden. Die Erkenntnis alles ist Eins, führt dann in der letzten Konsequenz auch dazu, dass wir mit niemandem im Streit leben können, ohne uns selbst zu schaden. Denn da alles Eins ist, fällt das, was wir denken und Tun, mit Sicherheit auf uns zurück.

Das ist einerseits schwierig, weil wir uns damit unser Leben sehr schwer machen können und andererseits bietet es die grandiose Chance es selbst zu bestimmen. Über unser Denken und Tun.

Damit sind wir wieder an dem Punkt:

Es ist mein Leben

und ich bestimme es selbst!!!

Und so entscheidest Du, wie Dein Weg aussehen soll. Aber keine Angst. Das, was Du jetzt denkst, ist halt nur das, was Du jetzt denkst. Da wir alle auf dem Weg sind, ist damit auch Entwicklung verbunden und so ändert sich Deine eigene Wahrheit. So wie sich meine Wahrheit auch ändert und immer im Fluss ist. Wenn es anders ist, gibt es Stagnation und jeder kennt Menschen, die sich nicht weiterentwickeln. Schade für diese Menschen, es fehlt einfach das Salz in der Suppe des Lebens.

Au weh, da habe ich wieder geurteilt. Da kann ich noch ein wenig an mir arbeiten.

Aber auch diese Menschen haben sich dazu entschieden, es ist ihre Wahrheit und ihr Leben. Das zu akzeptieren, anzunehmen und loszulassen ist eine Erkenntnis aus dem: wir sind alle Eins.

Perfekt

Wenn man sich in einer ruhigen Minute das fantastische Meisterwerk der Natur verinnerlicht, das wir Mensch nennen, so bleibt uns nichts, als in Ehrfurcht anzuerkennen, dass dieses ein perfektes Zusammenwirken aus allen Bereichen der Naturwissenschaften ist. Die Biologie, Chemie, Physik, alles spielt perfekt und wohl organisiert ineinander und ermöglicht uns unser Leben zu leben und zu genießen. Und wir brauchen uns um nichts zu kümmern. Das Atmen, der Puls, die Verdauung, die Versorgung jeder einzelnen Zelle, alles läuft automatisch ab. Dank an das Unterbewusstsein, das alles so perfekt steuert. Und wir brauchen nur, wie der Kapitän auf der Brücke eines Ozeandampfers die Richtung und die grundsätzlichen Strategien vorgeben. Wir brauchen nicht im Maschinenraum die Maschinen steuern, wir brauchen nicht das Schiff zu streichen, wir brauchen nicht die Fracht zu verladen und zu stauen. All das geschieht automatisch, wohl organisiert und perfekt.

Aber für mich ist das größte und schönste Wunder immer das Entstehen von neuem Leben, wenn ein neuer Mensch das Licht der Welt erblickt. Das Gefühl kann keine Wissenschaft erklären. Es ist für mich grandios und ich staune jedes Mal voll Ehrfurcht über dieses Wunder der Natur.

Perfekt bedeutet auch, dass ich selbst perfekt bin. Gesund, voll Schaffenskraft, jung und von natürlicher Schönheit. Und hier kommt wieder die Affirmation ins Spiel. Die Mannschaft hört genau hin, was der große Kapitän spricht. Wenn die Rede davon ist, wir sind gesund, stark und voller Schaffenskraft und Optimismus, dann hauen alle mächtig rein und die Steuerung läuft perfekt. Versorgung, Immunsystem, Atmung, Puls, Muskeln, alles im grünen Bereich.

Aber wehe der Kapitän sieht es als gegeben an, sich in Krankheiten zu wähnen. Dann ist das ein klares Kommando. Das Immunsystem denkt, ok. wir brauchen eine ordentliche Grippe und führt den Befehl aus. Je mehr Aufmerksamkeit wir der Krankheit schenken, umso mehr behindern wir den natürlichen Heilungsprozess, der ja permanent läuft, auch wenn wir gesund sind. Was wir über uns, unsere Gesundheit, unsere Schönheit, unser Alter denken, bestimmt maßgeblich den Zustand von uns selbst. In allen Bereichen. Denken wir in Gesundheit und schenken wir den Zipperlein keine Aufmerksamkeit, haben wir unsere eigene natürliche Schönheit entdeckt und tappen nicht in die Falle, uns mit anderen zu vergleichen, dann wird unser Körper entsprechend darauf reagieren. Das heißt nicht, dass wir nicht mehr zum Doc gehen, wenn echte Krankheiten bei uns zu Besuch sind. Lassen wir aber die Krankheit nicht bei uns einziehen und leisten wir unseren Anteil daran wieder gesund zu werden.

Mit dem Alter ist es dieselbe Geschichte, wenn ich mich mental auf das Altern einstelle, dann sagt sich die Mannschaft, ok. alle Mann älter werden. Wer offen in die Runde schaut, der kennt Menschen, die sich so richtig in das Altwerden versenken. Da habe ich mal den Spruch gehört: „Wenn man mit 50 morgens aufwacht und keine Schmerzen hat, ist man tot". Kannst Du Dir vorstellen, wie sich diese Mannschaft fühlt und was die tun muss, um diesen Wunsch umzusetzen. Gruselig!!! (wieder geurteilt, aber ich bin voller Hoffnung, dass ich das Urteilen ablegen werde)

Aber auch wieder ganz klarer Befehl an die Mannschaft. So wird dann das Leben auch aussehen, zwangsläufig. Aber auch hier gilt ganz klar. Jeder kann für sich selbst entscheiden.

Übrigens alle Organe im menschlichen Körper werden kontinuierlich erneuert. Unser Körper erneuert sich ständig neu und ist nie Älter als, die Zahlen schwanken zwischen 11 Monaten und 5 Jahren, aber älter als 5 Jahre sind wir nie!!! Das sage Deiner Mannschaft, damit sie sich jung und voller Tatendrang fühlt.

Schließlich:

Es ist mein Leben

und ich bestimme es selbst!!!

Also entscheide Dich, gesund zu sein, gebe Deiner Mannschaft den klaren Befehl. Stärke Dein Immunsystem, hilf ihm wo immer Du kannst und beschäftige Dich mit Krankheit nur im absolut notwendigen Maß. Es ist Aufgabe der Ärzte, sich mit Krankheiten zu beschäftigen. Deine Aufgabe ist es, Dein Lebensschiff auf Kurs zu halten und das Leben zu genießen. Das fühlt sich auch viel besser an.

Fühle Dich perfekt,

denn Du bist es!!!!!!!!!!

Achte auf Deinen Körper, höre auf ihn, pflege ihn, verwöhne ihn, damit die Seele sich wohl fühlt, die darin wohnt.

Dankbar

Holla die Waldfee, was ist das nun wieder. Dankbar. So ein Quatsch, mir steht alles zu und zu mir ist auch keiner dankbar. „Nicht gemeckert ist genug gelobt" und gut ist.

So sausen viele Menschen durch das Leben und wundern sich über die magere Ernte, die sie einfahren und die viele Energie und Kraft, die für manchmal sehr magere Ergebnisse aufgebracht werden muss. Das ist, als wenn ich beim Gärtner eine schöne Pflanze kaufe und sie in trockenen Boden stecke und nicht gieße. Ist ja ganz klar, der Gärtner hat mich übers Ohr gehauen und die doofe Pflanze taugt auch nichts. Dann wird bei einem anderen Gärtner eine andere Pflanze gekauft. Derselbe Mist, Gärtner sind alle Betrüger, verkaufen mir den größten Mist. Und wenn dann der Groschen immer noch nicht fällt, kann man sich ausmalen, wie die Story weitergeht............

Wenn man es sich in Ruhe selbst überlegt, kann man leicht darauf kommen. Aber wer so durchs Leben düst, hat ja auch kaum Zeit zum Überlegen. Der muss ja ackern wie verrückt, für das bisschen Ernte und der Rest der Energie geht für Neid und Missgunst drauf.

Der Mensch reagiert aber am Stärksten auf Wertschätzung. Das ist der Schlüssel für einen harmonischen und erfolgreichen Umgang mit den Menschen. Und auch bei Tieren funktioniert es nicht anders. Frage einen Hundetrainer.

Es ist wie vor einem Spiegel, wenn ich den anderen Menschen abfällig betrachte und nur das Negative sehe, dann wird er genauso reagieren. Abfällig und negativ. Es geht gar nicht anders. Es folgt einem ganz klaren Naturgesetz. Wie ich in den Wald hineinrufe, so schalt es wieder heraus.

Deshalb ist Dankbarkeit ein enorm wichtiger Baustein auf unserem Weg zu einem schönen und harmonischen Leben.

Dankbarkeit soll fest in unseren Tagesablauf eingebunden sein. Morgens, wenn ich aufstehe, danke ich für den schönen Tag, für den harmonischen Ablauf, für die Gesundheit, dafür, dass die Vorhaben des Tages so wunderbar in Ruhe und Harmonie ablaufen, dass alles im Fluss ist, mit Leichtigkeit. Und dann gehe ich die Vorhaben des Tages durch und danke im Voraus. Das universelle Bewusstsein kennt keine Zeit und setzt es dann so um, wie ich es mir vorgestellt habe. Voll Dankbarkeit.

Und am Abend danke ich für den schönen Tag. Für den schönen und erholsamen Schlaf, für den wunderschönen Traum.

Und auch am Tage kann die Dankbarkeit uns begleiten. Wenn ich irgendwo hinfahre, dann danke ich im Voraus, für die gute, harmonische und sichere Fahrt. Dafür, dass ich gut durchkomme und pünktlich ankomme, für den Parkplatz direkt vor der Tür. Und dann lehne ich mich entspannt zurück und genieße die Fahrt. Und so ist die Fahrt dann automatisch, entspannt, relaxt und ich komme pünktlich an und stelle mich auf meinen Parkplatz direkt vor der Tür. Und dann höre ich mir die Anfahrtstorys der Anderen an.

Dankbarkeit ist auch ein Baustein zum Wohlstand. Ich danke für die Dinge, die ich habe und so öffne ich das Tor zum Mehr.

So wie wir bei einem undankbaren Kind keine Freude am Schenken haben, so hat das universelle Bewusstsein auch mehr Freude am Geben, wenn wir dankbar sind.

Dankbarkeit ist auch ein wichtiger Schlüssel zur Gesundheit. Klar, die Mannschaft hört auf den Kapitän, und wenn er dankbar ist, für die tollen Leistungen und das Lebensglück in einem perfekten Körper, dann wird die Mannschaft dies natürlich umsetzen. Es geht gar nicht anders.

Und danke auch Deinem Schutzengel. Der immer auf Dich aufpasst und viel Unheil von Dir fernhält. Man merkt es nicht und man sieht es nicht und doch wirkt es. Und da darf man sich ruhig bedanken. Das ist der einzige Lohn, den ein Schutzengel erhalten kann. Und wer arbeitet schon gern ohne Lohn. Ein gut motivierter Schutzengel kann auch viel mehr leisten. Ist doch klar.

Überlege, wofür Du dankbar sein kannst. Schreib es auf. Und Du wirst erstaunt sein, wie lang diese Liste wird und wie sie wächst wie eine schöne Blume. Und vergesse nicht den Menschen zu danken, die Dir gutes Tun. Mit einem Lächeln, mit einem Dank, mit Blumen, mit schöner gemeinsamer Zeit. Und der Ertrag ist immer wieder überraschend und schön.

Stark

Uff, das war ja ganz schöner Tobak für unser Weltbild. Nimm Dir Zeit, lasse es wirken und nehme Dir das, was Du für Dich akzeptieren kannst und habe Vertrauen, dass sich die Dinge in Deinem Sinne fügen werden.

Ja, Stark. Hier ist natürlich erstmal die körperliche Stärke gemeint, die ja ein Bruder der Gesundheit ist. Unser Körper ist dazu geschaffen, sich zu bewegen. Die Evolution hat sich keinen chipsmampfenden Fernsehsesselbewohner vorgestellt, sondern einen starken, schnellen und gewandten Jäger und Sammler, der sich in der Natur durchsetzt und seinen Weg geht. Und die paar Jahre seit der Steinzeit reichen der Evolution nicht aus, um uns für den Fernsehsessel umzukonstruieren.

Es heißt ja auch, die Muskeln entwickeln sich nach ihrer Beanspruchung. Zum anderen kennt es jeder Sportler, dass bei entsprechender Leistung unser Körper Glückshormone ausschüttet und es sich nach dem Sport zwar erschöpft, aber wohlig anfühlt. Nichtgebrauch lässt natürlich die Muskeln schwinden. Das ist von daher sehr ungünstig, dass wir damit die Gelenke und Sehnen überbelasten und uns so das eine oder andere Zipperlein an Land ziehen. Der Spruch, ein starker Rücken kennt keinen Schmerz, hat so einen tieferen Sinn. Aber auch hier gilt wieder, jeder darf selbst entscheiden. Angebote gibt es mehr als genug. Wichtig ist natürlich, es muss Spaß machen. Mit Gewalt und sich zwingen funktioniert in den allermeisten Fällen nicht.

Dazu vielleicht eine interessante Forschungsreihe. Man hat 2 Vergleichsgruppen von Probanden gebildet, die nach einem Herzinfarkt in REHA waren. Eine Gruppe ganz normal mit dem Kardiosport und eine Gruppe hat ein Programm Gesellschaftstanz absolviert. Dass die Tanzgruppe mehr Spaß hatte, sieht man am Ergebnis. Nach 3 Jahren haben noch fast alle Tänzer und Tänzerinnen getanzt, während beim

Kardiosport nur noch etwas mehr als die Hälfte der Leute mitgemacht haben. Entsprechend sah dann auch die Überlebensrate nach 5 Jahren aus. So ist es nicht wichtig, was man macht, sondern dass man Spaß dabei hat. Deshalb sind auch Mannschaftssportarten hier oft günstiger. Da lässt sich der innere Schweinehund auch besser überlisten. Da Du ja sicher schon Deinen Sport gefunden hast und Spaß daran hast, weißt Du ganz genau, was ich meine.

Der Begriff Stark hat noch einen anderen Aspekt. Geistige Stärke und Selbstwertgefühl. Eine ganz wichtige Baustelle. So wie im körperlichen funktioniert auch das Gehirn wie ein Muskel. Es lebt von der Bewegung oder Benutzung. Das Gehirn kann genauso trainiert werden wie ein Muskel. Dafür gibt es ja den zauberhaften Begriff Gehirnjogging. Das Schöne daran ist, dass man diese Sportart immer und überall betreiben kann. Das gehört zu dem Begriff Stark auf jeden Fall dazu.

Ja und dann die Baustelle Selbstwertgefühl. Wir sind ja in Bescheidenheit erzogen worden. Es gibt viele Programmierungen in die Richtung: „das kannst Du nicht", „lass das sein", „das schaffst Du nie!!!" „halte Dich im Hintergrund", „nur nicht auffallen". Und all diese Sprüche haben es sich im Unterbewusstsein gemütlich gemacht. Wenn wir dann etwas manchen wollen, melden sie sich zu Worte. Meist gar nicht laut. Aber schwätzen uns permanent dazwischen. Da muss man schon genau hinhören, um es wahrzunehmen. Aber das Geplapper ist als Hintergrundgeräusch, wie Straßenlärm immer vorhanden.

Manchmal melden sie sich aber auch offen. Man erzählt im Freundeskreis von einem Projekt oder Vorhaben und dann kommen diese Dinge zum Vorschein. „Das schaffst Du nie", „das geht nicht so leicht", „die Bäume wachsen nicht in den Himmel….." usw.. Hat gar nichts mit dem konkreten Projekt zu tun, kommt automatisch angelöffelt und versieht alles mit einem üblen Grauschleier. Irgendwann plant man dann weniger und weniger und dann hört man ganz damit auf und richtet sich ein.

Aber dieses Geplapper kommt aus unserem Inneren und steuert unser Leben, pfuscht immer und immer wieder dazwischen. Das Selbstwertgefühl wird von dem Geplapper natürlich auch in Mitleidenschaft gezogen. Also gilt es hier, genau hinzuhören und selbst zu entscheiden.

Es ist mein Leben

und ich bestimme es selbst!!!

Das ist halt die Story mit dem inneren Schweinehund.

Aber zu Stark gehört es eben auch, die Herrschaft über das Geplapper zu erringen und damit dem Selbstwertgefühl die Chance zu geben, sich zu entwickeln und wie eine schöne Lilie in aller Pracht zu erstrahlen.

Nicht überheblich und von oben herab, sondern in innerer Stärke, Ruhe und Gelassenheit. Und daraus ergibt sich dann wie von selbst auch ein starker Wille und Durchsetzungskraft, die wir zum Wohle aller einsetzen. Zum Wohle aller ist ein wichtiges Gebot, da wir alle Eins sind. Wenn wir jemanden so richtig, nach allen Regeln der Kunst übers Ohr hauen, schaden wir uns selbst. Irgendwann bekommen wir die Quittung präsentiert. Meist wenn es gar nicht passt. Aber auch hier bestimmen wir es wieder selbst.

Hierzu gehört auch, seinen eigenen Weg zu gehen. Sich selbst etwas zuzutrauen und auf die innere Stimme zu hören. Der Versuch, es allen Recht zu machen oder sich von dem Gedanken leiten zu lassen, was wollen die Anderen, führt uns oft in eine Situation, in der man sich selbst verliert.

Das Erstaunliche ist immer wieder, dass die Menschen sehr viel verständnisvoller reagieren, als wir annehmen, wenn wir klar und offen unseren Standpunkt vertreten. Dann sind wir einfach authentisch, die Anderen wissen, woran sie sind und haben es leichter, darauf zu reagieren. Man wird berechenbarer und klarer.

Zur Stärke gehört auch, im größten Trubel und Wirbel ruhig und gelassen zu sein und eine Krise immer auch als Chance zur Veränderung zu sehen. Da will uns das Leben einen Anstoß zur Veränderung geben. Obwohl es oft aussieht, als wollte es uns nur mächtig ärgern. Und oft tappen wir in diese Falle und rufen unser Programm: „alle Mann ärgern" auf, statt die Chance zur Veränderung zu sehen und zu nutzen. Das Ärgernprogramm verhindert ja auch eine sachliche Einschätzung der Situation.

Auch hier darf unser Unterbewusstsein das bessere Programm „Chance nutzen" aufrufen und das Ergebnis ist dann mit Sicherheit auch wesentlich erfreulicher.

So ist es Ziel dieser Affirmation körperliche und geistige Stärke mit einem gesunden Selbstwertgefühl zu verbinden.

Mächtig

Mit dem Wort mächtig haben wir oft ganz mächtige Bauch-schmerzen. Warum? Ja, Macht wurde sooft missbraucht, dass sie für uns immer einen bitteren Beigeschmack hat. Doch warum ist sie hier, in dieser Affirmation? Ganz einfach, weil auch die Macht, wie viele Dinge zwei Seiten hat. Zum einen Macht im positiven Sinne als Möglichkeit, Vorhaben voranzubringen und umzusetzen. Aber auch die negative Seite, dass Menschen mit der Macht missbräuchlich und verantwortungslos umgehen.

Deshalb für uns ganz, ganz wichtig. Und das Ganz hat hier seinen Sinn. Da wir im Ganz gelernt haben, dass wir alle Eins sind, gilt na-türlich auch im Umgang mit der Macht,

immer zum Wohle aller.

Wenn wir dies beachten, dann ist die Macht ein sehr sinnvolles Werk-zeug, um unsere Vorhaben und Ziele umzusetzen. Dabei müssen wir uns hohen moralischen Ansprüchen stellen. Da wir in unserem Den-ken ganz und perfekt sind, ist dies keine zusätzliche Bedingung, son-dern tief in uns verankert. Denn die Ziele die wir haben, dienen nicht einem imaginären Selbstzweck oder unserem alleinigen Vergnügen, sondern müssen natürlich einen Nutzen für alle Beteiligten haben. Sei es in der Familie, in der Arbeit oder im Verein, wo immer wir tätig werden, ist der Zweck unserer Aktivitäten neben unserem persönlichen Glück, das Glück aller damit verbundenen Menschen. Es hat keinen Sinn, hier nur den eigenen Vorteil zu suchen, denn da wir alle Eins sind, schaden wir uns damit selbst.

Dazu eine kleine Begebenheit von heute Mittag. Fand ich zu schön, muss ich Euch erzählen. Nach dem Mittag bin ich zu unserem Gemüsestand und habe gesagt: Ich brauche für einen kleinen Hasen, den ich in Pension habe, er heißt auch einfach Hasi, eine Mohrrübe und einen Apfel. Der nette Verkäufer suchte mir die größte Mohrrübe und den schönsten Apfel raus, und sagte: „schönen Gruß an den Hasen". Dazu kam noch ein Stück Sellerie. Ich kramte mein Geld raus und wollte ihm einen Euro geben. Nein ist ok. sagte er und nach einigem hin und her auf netter Basis, einigten wir uns auf 50 Cent, wobei er es sich nehmen ließ, alles fein säuberlich in eine Plastiktüte zu tun. Und am Ende waren alle zufrieden.

Es gibt im Geschäftsleben eine Regel: ein gutes Geschäft ist ein Geschäft, bei dem am Ende alle zufrieden sind. Und in dem Sinne können wir das Mächtig getrost verwenden. Zumal heutzutage die meisten Entscheidungen nicht von Menschen im Alleingang getroffen werden, sondern im Team oder Gremien oder wo auch immer. Aber es bedarf klug eingesetzter Macht, um hier die Impulse zu setzen, die zur Umsetzung unserer Ziele zum Wohle aller notwendig sind. Nicht zu vergessen, dass unsere Ziele auch der Welt und dem nachhaltigen Handeln dienen müssen. Schließlich haben wir die Erde nur von unseren Kindern und Kindeskindern geborgt, um sorgsam damit umzugehen.

Dazu habe ich eine passende Karikatur im Kopf. Fragt der liebe Gott den Onkel Sam, den mit den Dollarzeichen in den Augen, warum er denn die Erde nicht gerettet hat. Da antwortet Onkel Sam im Brustton der Überzeugung: „es hat sich nicht gerechnet!!!!"

Deshalb, das Mächtig in der Affirmation. Macht bedeutet ja auch, mit einem starken Selbstwertgefühl unsere Interessen nach außen zu vertreten. Die Macht ist somit für unsere Persönlichkeit, als auch für unsere Ziele, ein wichtiges Element. Und mächtig zu sein, ist auch ein Bestandteil der Selbstbehauptung, die wir hier und da brauchen.

Und wie mächtig ist dann das Gefühl des Glücks und der Freude, wenn wir ein Ziel für uns und alle daran beteiligten Personen erreicht haben. Mächtig gewaltig sozusagen. Damit ist das Mächtig ein Eckpfeiler auf dem Weg zum Erfolg in allen Bereichen.

Aber nicht vergessen:

Macht ist nicht zum

Bulldozern da!!!!!!!!!!!!

Sondern will mit Bedacht eingesetzt werden.

Reich

Noch so ein Ding. „Die Reichen sind doch alle Strolche". Auch dieser Begriff ist voller Gefühle und Emotionen, die nicht immer positiv sind.

Da gibt es viele Vorbehalte und Vorurteile und so mancher mag auch berechtigt sein. Aber der Begriff Reich umfasst ja nicht nur den nach außen getragenen und protzenden Reichtum, sondern ist in unserem Innern verankert. Es gibt inneren und äußeren Reichtum. Innerer Reichtum, das ist unsere Einstellung zum Geld, zum Vermögen, zum Wohlstand. Auch hier wieder wichtig, wie ist meine Einstellung und was sagt das ewige innere Geplapper dazu. Höre genau hin, wenn Du im Laden stehst. Wenn es plappert: „das ist zu teuer", „das kann ich mir nicht leisten", „bin ich Rockefeller?", „das sind ja alles Halsabschneider", „reiche Leute sind alles Banditen", „mit ehrlicher Arbeit kommt man zu nichts". Dann, ja dann ist es klar, die Programmierung zeigt klar auf Mangel. Ich richte mich im Mangel ein und der Mangel wird mein Leben bestimmen.

Dazu kommt die Darstellung in der Presse, die ja zum Teil ganz massiv auf Neid setzt, um zu verkaufen. Wenn man nicht aufpasst, springt man ganz gern auf diesen Zug. Aber was macht das mit uns? Hilft uns Neid weiter, oder die Ansicht, alles Banditen und wie fühlt sich der Neid an? Irgendwie schlecht, oder? Damit prägen wir aber unsere Einstellung zum Geld. Zum Wohlstand.

Und Eins ist ganz klar, das Gefühl von Wohlstand ist ja auch immer von unserer Umgebung abhängig. Für jemanden, der in Mozambique lebt, sind wir Deutschen alle unermesslich Reich, nur haben wir selbst dieses Gefühl meist nicht.

Aus meiner Sicht ergeben sich daraus zwei Dinge. Zum Ersten leben wir in Deutschland ganz gut. Auch wenn wir verbissen versuchen, die Meckerweltmeisterschaft mit riesigem Vorsprung zu gewinnen.

Aber wenn man genau hinschaut, so leben wir in einer Zeit und einem Ort großer Sicherheit, ohne Kriege, alle haben einen Mindeststandard zum Leben, es gibt keine großen Krankheiten wie zu Zeiten der Pest. Es gab noch nie so großen Wohlstand für die große Masse der Bevölkerung. Aber trotzdem jammern wir, statt **dankbar** zu sein. Denn Dankbarkeit für die Dinge die wir haben, ist ein wichtiger Schritt zum Wohlstand. Und innerer Wohlstand, den wir erst entwickeln müssen, bevor er sich im Außen zeigt, ist eine Frage der Einstellung. Jeder wird Reichtum und Wohlstand anders definieren. Für mich ist Wohlstand nicht das Prestigeobjekt, mit dem ich meinen Selbstwert aufpoliere. Für mich ist Wohlstand die Freiheit zu haben, die Dinge zu tun, die mir Wichtig sind und die mir Spaß machen. Eine Arbeit zu tun, um Geld zu verdienen, die ansonsten nur eine Maloche und Quälerei bedeutet, ist kein Wohlstand und da nützt der Reichtum auch nichts. Erst recht nicht, wenn man ihn nicht genießen kann. Aber auch hier kann jeder wieder selbst entscheiden. Und wenn man 100 Leute fragt, was ist Reichtum und Wohlstand, so werden wohl um die 117 verschiedenen Antworten herauskommen.

Wichtig sind hier die innere Einstellung und das Gefühl das ich mit dem Geld verbinde. Ist das Gefühl gut und habe ich einen offenen Blick für die Chancen im Leben, so stehen die Chancen nicht schlecht, dass sich die Wünsche im Leben erfüllen. Wenn man genau hinschaut, ist Geld ja nur ein Tauschmittel. Früher hat man Muscheln und anderes zum Tauschen genommen und heute ist es Geld. Aber bei manch einem verdreht es sich.

Das Geld ist für uns da, ist unser Diener, um das Leben zu genießen und um die eigenen Ziele zu erreichen. Aber manchmal hat man das Gefühl, dass es Menschen gibt, die sind Sklaven des Geldes geworden und ordnen dem Geld ihr ganzes Leben unter und schaffen materiellen Wohlstand voller Prestigeobjekten und vergessen darüber zu Leben. Schade. Aber auch wieder die eigene Entscheidung.

Zumal hier auch das Risiko besteht, dass man dieses Leben lebt, um den vermeintlichen Ansprüchen der Anderen gerecht zu werden und nur zu funktionieren, statt das eigene Leben zu leben.

Dazu ist noch anzumerken, dass der Reichtum immer im direkten Verhältnis von geben und nehmen steht. Reichtum der durch „geiz ist geil" erhalten wird, hat sicher nichts mit innerem Reichtum und Fülle zu tun. Und was passiert wenn ich immer versuche nur zu nehmen? Wir schneiden den Strom der Fülle zu uns selbst ab. Der sichere Weg um Mangel zu erzeugen. Und dem Verkäufer nützt es auch nichts, da er so kaum die Möglichkeit hat, dauerhaft ordentliche Ware anzubieten. Irgendwo muss er sparen und irgendwann schlägt es zwangsläufig auf die Qualität durch. Und wenn es nur dadurch kommt, dass bei den niedrigen Löhnen die er zahlt, er auch kaum qualifiziertes Personal bekommen wird. Da alles Eins ist, fällt das dann wieder auf uns zurück. Und der gesamte Kreislauf kommt durch die niedrigen Löhne ins stocken. Henry Ford war zum Beispiel der Meinung, das es nichts nützt Autos zu bauen, wenn die Arbeiter nicht das Geld haben, die Autos zu kaufen.

Ja und da hat sich noch so eine Vorstellung in unserer Welt eingeschlichen. Für Geld muss man schwer und hart arbeiten. Fühlt sich wirklich nicht gut an. Und bringt im Ergebnis natürlich ein Leben das von Härte und Zähne zusammenbeißen geprägt ist. Oder Plan B, das will ich nicht und richte mich im Mangel ein. Auch nicht wirklich besser. Wie wäre es denn, wenn ich mir vorstelle und in meinem tiefsten Inneren verankere:

„Geld kommt leicht und mühelos."

Fühlt sich besser an? Deine Entscheidung!!! Versuche es ruhig, es kann nichts schaden und wenn es hilft, umso besser.

Geld scheint heute auch kaum noch ein geeignetes Mittel zu sein, um Vermögen zu lagern. Es ist halt nur ein Tauschmittel, dazu da um uns zu dienen und uns die Dinge zu ermöglichen, die uns wichtig sind und uns glücklich machen. Nicht mehr und nicht weniger.

Wenn wir den inneren Reichtum gefunden haben, wird er sich im Außen zeigen und uns ein angenehmes Leben ermöglichen. Es geht um inneren und äußeren Reichtum in dem natürlich die Kunst, das Leben zu **genießen** und **dankbar** zu sein, fest verwurzelt sein sollen. Und wie immer entscheidest Du es selbst.

Voll

Das Voll steht nun so da und wir schauen es von allen Seiten an. Es ist ein Begriff, der allein nicht so viel zu sagen hat. Außer zum Bespiel die Beschreibung des Zustandes beim Verlassen einer gastronomischen Einrichtung.... Aber das ist, ganz klar, hier nicht gemeint.

Das „Voll" ist als Ergänzung, Erhöhung, Vervollständigung der Begriffe Liebe, Harmonie und Glück gemeint.

Ich will es in einem Bild darstellen. Da haben wir je ein Eimerchen für die Liebe, die Harmonie und das Glück. Hat ja jeder. So, nun schauen wir da mal rein. Jeder sieht etwas anderes. Bei einem sind alle Eimer gut voll, der andere kann ganz geschmeidig bis auf den Boden schauen, weil nichts drin ist. Und da wo nichts drin ist, da wird sich das Leben nicht so gut anfühlen. Also fahren wir mit unseren Eimerchen zur Tankstelle. Heute gibt es Liebe und Glück zum Sonderpreis, also schlagen wir zu. Langsam füllen wir ein Eimerchen zum Beispiel mit Glück. Das geht bei mir zum Beispiel ganz einfach, wenn ich tanze. Jeder hat da sicher eine andere Tankstelle. Nun füllt sich also langsam unser Glückseimerchen. Es geht uns besser und wir sind voller Energie. Und anders als an einer gewöhnlichen Benzintankstelle darf das Eimerchen bis zum Überlaufen gefüllt werden und weiterlaufen, denn dann können wir im Überfluss geben. Erst im Geben kommt Glück im Überfluss zurück. Für die Physikbegeisterten, es soll ja ein paar davon geben, entsteht sozusagen eine positive Rückkopplung. Die dann den Effekt immer weiter verstärkt. Das gilt dann so für alle drei Eimerchen. Hier also direkter Bezug, umso voller die Eimerchen und umso mehr überläuft und wir zum Geben nutzen, umso besser wird unser Leben sein. Und so soll unser Leben voll sein, voll Liebe, voll Harmonie und voll Glück. Und da alles Eins ist, wird durch das Geben auch wieder zu uns zurückkommen und uns reichlich beschenken. Wir öffnen einen Kanal, aus dem wir reichlich schenken und beschenkt werden. Und das fühlt sich dann sicher richtig gut an. Das sind die Situationen im Leben, wo man sich zurücklehnt und das Leben genießt. Und wer ist dafür verantwortlich?

Na klar, ich selbst. Ich fahre zur Tankstelle und fülle meine Eimerchen....... Und jeder darf es selbst entscheiden. Ist das nicht wunderbar!!! Und es kostet kein Geld, noch besser!!!

Liebe

Es gibt kaum ein Wort, dass so viel beschrieben wurde und doch so viel Verwirrung schafft. Dabei ist die Liebe das schönste und mächtigste Gefühl das wir kennen. Es gibt dazu viele, viele Facetten von der Großen Liebe über die Mutterliebe, die Liebe in der Familie, die Liebe zum Beruf, die Liebe zum Hobby, die Liebe zur Natur.........

Liebe hat immer etwas mit Hingabe zu tun und echte Liebe ist auch immer bedingungslos. Nicht daran gebunden, dass dies oder jenes sein muss damit ich lieben kann, sondern ich liebe oder ich liebe eben nicht. Punkt.

Die Liebe ist ein wichtiges Element um Leben zu schaffen und zu erhalten. Das beginnt damit, dass sich zwei Menschen in Liebe vereinen und damit dieses unbeschreibliche Wunder vollbringen, neues Leben zu schaffen. Über die Mutterliebe, die dieses kleine schutzlose Wesen in Wärme und Güte heranwachsen lässt.

Schauen Sie in die Gesichter von Frauen, wenn kleine Kinder in der Nähe sind. Dieses Strahlen in den Augen und ein kleines Lächeln zeigen sich auch in den härtesten Gesichtern. Das ist wahre, bedingungslose Liebe.

Und wenn man es genauer betrachtet, ist es auch das, was den Menschen über sich hinauswachsen lässt, wenn die Nächte schlaflos sind, wenn die Kleinen den Kammerton „Aaaaaaaahhhhhh" trainieren und keine Ruhe geben. Wenn sie krank sind oder immer alles haben wollen, dann hilft diese Liebe und gibt uns Kraft. Viel Kraft. Und diese Liebe ist so wichtig für das Kind, wichtiger als aller materielle Besitz und ein wichtiges Pfand für die Kraft, Stärke und Wärme die das Kind in seinem Leben haben wird und an seine Kinder weitergeben kann. Das ist die beste und wichtigste Investition, die man tätigen kann, mit traumhafter Rendite. Echte Wärme und Geborgenheit ist die wahre Grundlage für ein wunderbares und harmonisches Leben.

Ja und dann die große Liebe. Alle Literatur die dazu geschrieben wurde, als Drama oder auch im Glück füllt ganze Bibliotheken und ist in einem Leben wohl kaum zu lesen. Dieses so gewaltige Gefühl das uns so vollkommen aus der Spur holt und in eine andere Welt schickt, will gelebt werden. Und trotz aller Herrlichkeit, hat diese große Liebe ernstzunehmende Gegner. Da ist zuerst mal der Verstand, ganz klar in dieser Zeit einfach mal per Hauptschalter ausgeschaltet zu werden und nichts mehr zu melden zu haben, ist ein Zustand, der unbedingt verhindert werden muss. Und so gibt es oft einen internen Streit zwischen Bauch und Hirn, der uns oft daran hindert, einfach dieses große Geschenk anzunehmen und in seiner ganzen Herrlichkeit zu genießen. Dazu kommen die Kriterien, die wir oder unsere Umgebung an einen Partner stellen. Dem Amor ist so was völlig schnuppe. Der nimmt seinen Pfeil und Bogen fliegt durch die Welt und verbindet Menschen, die manchmal so gar nicht zusammenpassen wollen. Denkt man. Da wird arm und reich verbändelt. Da hat eine Frau, einen kleineren Mann. Ein großer Dicker findet eine ganz kleine zierliche Frau. Oder die Story von der Schönen und das Biest.

Oder einer der Partner ist in einer festen Beziehung. Eins scheint aber sicher zu sein. Immer gibt es allerhand Aufregung und das Leben wird zur Achterbahn. Und selbst Alter schützt nicht davor. Es scheint keinen wirksamen Schutz davor zu geben und ganze Industriezweige (Literatur, Film, Fernsehen, Blumenläden) scheinen ganz gut davon existieren zu können.

Und trotz all der Schwierigkeiten, die hier all zu oft auftreten, ist dies die einzige Stelle an der ich sage:

Lebt dieses Geschenk.

Lebt diese Liebe,

wenn Sie Euch begegnet!!!!!!

Egal, was die Nachbarn sagen, wie das Bankkonto aussieht, wie unser Ideal ausgesehen hat, ob die Glauben zueinander passen, wie weit ihr voneinander entfernt seit, wie die Arbeit zueinander passt, lebt diese große Liebe, lasst Euch darauf ein. Lasst Euch verzaubern, genießt jeden dieser so vergänglichen Augenblicke aus tiefster Seele. Lasst Eure Körper und Eure Seelen miteinander spielen, wie kleine Kinder, im Hier und Jetzt. Seid unbeschwert und schert Euch nicht um den Rest der Welt.

Lebt!!!

Denn eine nicht gelebte Liebe kann ein ganzes Leben mit einem üblen Grauschleier versehen. Und dieses Gefühl etwas verpasst, nicht gelebt zu haben, blockiert so viel von dieser wunderbaren Energie. Und wer will schon als vernünftiger Griesgram enden? Davon gibt es schon mehr als genug.

Ich habe dazu folgendes Bild vor Augen: Ich sitze mit 95 fit und gesund im Schaukelstuhl auf der Terrasse an meinem Haus am Meer und schaue auf die Wellen. Die Möwen ziehen ihre Kreise und eine leichte Brise macht den warmen Tag sehr angenehm. Die Sonne lächelt mich an und zwinkert mir zu, als will sie sagen: „heute schenk ich Dir einen besonderen Tag".

Das Morgenschwimmerchen war wieder super, ich liebe es in den Wellen zu schwimmen, das auf und ab und Eins zu sein mit dem Meer, den Wellen, dem Wind. So fangen perfekte Tage an, von denen ich jetzt so viele leben darf. Voller Dankbarkeit erlebe ich jeden Moment.

Nach einem kleinen Mittagsnickerchen wache ich auf. Meine Frau kommt und bringt einen ihrer berühmten Supercocktails, auf den auch der Barkeeper an der Ecke ganz neidisch ist und lächelt mich an. Es ist immer wieder schön dieses Kunstwerk der Natur zu betrachten, meine Frau perfekt, gesund, schön. Glück kommt die Treppe herauf und verzaubert die Szene. Ich wollte Dich schon immer mal was fragen, sage ich: „Was meinst Du, hast Du Dein Leben gelebt, genutzt und genossen?" Sie strahlt mich an und mit ihrer schönen kräftigen Stimme erklingt ein klares inbrünstiges „Ja, das habe ich. Und Du?" „Ja ich auch, dank Dir hätte es nicht schöner sein können". Eine kleine Freudenträne rollt mir über die Wange. Meine Frau holt eine von den uralten CDs aus dem Schrank. Die Dinger kennt kaum noch einer. Sie legt unsere Lieblingsrumba auf, die bei der uns die gefühlvolle Trompete, in eine andere Welt entführt. Die Lebensgeister starten ein echtes Feuerwerk an Lebensfreude und wir tanzen unsere Rumba. Sie hat immer noch dieses Strahlen in den Augen und diesen seit jahrhunderten verbotenen Hüftschwung. Ich weiß bis heute nicht, wie ich bei diesem betörenden Anblick auch nur einen vernünftigen Tanzschritt zustande bringe. Es ist eins der ungelösten Rätsel der Menschheit. Und wir tanzen diese Rumba, versinken in der Harmonie des Augenblicks. Und wir haben unser Leben gelebt und leben es immer noch, voll Liebe, voll Harmonie, voll Glück..........

Die Leute am Strand bleiben stehen und als die Musik zu Ende ist, ertönt Applaus. Wir nehmen uns in die Arme und wissen, so fühlt sich wahres Glück an......

All das wird es nicht geben, wenn wir uns auf unsere große Liebe nicht einlassen. Lebt sie, wenn sie Euch begegnet!!!! Pflegt sie und haltet sie frisch, denn sie ist das größte Geschenk, das ein Mensch bekommen kann.

Und wenn in Deinem Umfeld, ein Paar unter dieser akuten Krankheit „leidet", dann drückt die Daumen, dass das Glück hält und sei der unsichtbare Schatten, der die kleinen Situationen schafft, die so unendlich glücklich machen. Ganz still und leise im Hintergrund und habt teil an der Freude und dieser ach so überschwänglichen Energie. Und schickt alle Argumente der Vernunft in die Wüste, die dagegen stehen. Richtig in die Wüste, da sie ihrer Heiligkeit der Liebe, nicht huldigen. Und fühl da noch mal richtig rein, in diese unendliche Energie der Liebe, wow!!!!!!!

Dazu habe ich so eine nette kleine Idee, zu der noch kein Plan zur Umsetzung vorhanden ist, die ich aber trotzdem ganz bezaubernd finde.

Ein sehr, sehr reicher Mann möchte ein echtes Denkmal für die Liebe bauen, in Dankbarkeit an die wundervolle Zeit seiner eigenen Liebe. Nun gibt es Denkmäler zur genüge und verschiedene Künstler haben entsprechende Entwürfe bei ihm eingereicht. Aber so recht wollte ihm keines angemessen erscheinen, seinem wundervollen Gefühl und dem Zauber seiner Partnerin gerecht zu werden. Es muss etwas sein, was diesem herrlichen Gefühl gerecht wird. Und so entschließt er sich etwas für die Liebenden zu tun und sozusagen ein lebendiges Denkmal zu schaffen.

Es gibt da eine kleine Inselgruppe im Meer, auf den Seychellen, die für die Symptome der Liebe auf das Vorzüglichste eingerichtet ist. Separate Bungalows direkt am Meer, mit kleinen verschwiegenen Buchten, kleinen Booten mit denen man aufs Meer fahren kann, einem Superservice, der unauffällig und diskret jeden Wunsch erfüllt, große Badewannen mit Rosenblüten, Luxusbetten von 2,5 x 2,5 m. Alles was das Herz begehrt. Diesen Urlaub kann man nicht buchen. Es ist einfach so, dass die Menschen dort eine ganz besondere Zeit verbringen, die absolut frisch verliebt sind. In der ersten akuten Phase in der es nichts gibt, außer dem Partner. In der jede Sekunde nicht mit Gold aufgewogen werden kann. Wo sich die ganze Welt, das ganze Universum in den Augen dieses einen Menschen wieder findet.

Es funktioniert relativ einfach. Wo immer seine Mitarbeiter auf der Welt unterwegs sind, haben sie einfach ein Auge darauf, ob sie richtig frisch verliebte Menschen finden. Dabei spielt die Herkunft, das Geld, die Hautfarbe, das Land keine Rolle, nur frisch verliebt müssen sie sein. Ob aus USA, Russland, Vietnam, Mosambik, Spanien, Schweden, Argentinien oder wo auch immer, es spielt keine Rolle.

Dann läuft die Maschine an. Das Paar wird auf die Insel geschickt, für 4 bis 6 Wochen und um den Rest kümmern sich seine Leute.

Komplett. Einfach so vom Fleck weg. Das ist der Plan und dieses Denkmal ist sozusagen immer frisch und hat so weltweit natürlich eine viel größere Wirkung, als wenn man irgendwo ein Denkmal aus Stein und Marmor hinbaut. Das ist die Idee und ich bin voller Hoffnung, dass sich jemand findet, der sie umsetzt.

Wow, fühlt sich gut an.

Ach so, schaut mal, ob sich jetzt der Verstand mit 1000 Argumenten dagegen meldet.

Ich habe lange überlegt ob ich die Sexualität hier anspreche. Aber ich denke sie gehört einfach hierher. Es ist ein so schönes Gefühl, wenn zwei Menschen Eins werden und der Höhepunkt jeder Liebesbeziehung. Ja wie soll ich es sagen? Manchmal hat man den Eindruck, dass Sex ein Leistungssport ist. Da wird zum Teil erheblicher Druck aufgebaut und durch Presse und Pornoindustrie ein Leistungsdruck geschaffen. Ich glaube, damit sind wir auf dem falschen Dampfer. Die Sexualität soll spielerisch sein, ausgelassen und gelöst. Es ist das Spiel und die gemeinsame Reise von Körper und Seele. Und wenn zwei Seelen sich beim Sex berühren und miteinander leicht und entspannt spielen können, entsteht der wahre Zauber der Sexualität. Und dann entschweben wir dieser Welt zu Zweit und werden Eins in vollkommener Harmonie.

Dieses vollkommene Glück zu finden, ist ein großes Geschenk. Ich denke das kann man lernen, wenn man sich auf den Weg macht.

Es gibt für alles mögliche Seminare und Schulungen, aber dieses für unser Leben und unser Glück so wichtige Thema überlässt man dem Zufall. Denn erfüllte Sexualität ist nicht nur technische Finesse und Leistungssport, sondern findet seine wahre Schönheit im zwanglosen Spiel der Seelen. Da kann man mit viel Glück und dem richtigen, aufgeschlossenen Partner den richtigen Weg finden. Aber ein seriöses Angebot auf diesem Gebiet habe ich noch nicht finden können. Ist vielleicht eine Anregung.

Aber die Liebe bedeutet noch mehr. Da sie die stärkste Emotion ist, hat sie auch die größte Wirkung. In dem Sinne von:

„achte auf Deine Gedanken,

denn sie bestimmen Dein Leben"

kann die Liebe wahre Wunder bewirken. Da wo Liebe ist, kann kein Hass sein, da ist die Harmonie zu Hause. Wenn wir Liebe ausstrahlen, Liebe zum Leben, Liebe zu unserer Arbeit, Liebe zu unseren Mitmenschen, dann haben es Angst, Missgunst, Neid, Habgier und so weiter, schwer das Ruder zu übernehmen. Du kannst Dich selbst entscheiden. Eine halbe Stunde über den blöden Fußgänger zu wüten oder in Liebe, mit einem netten Handzeichen und einem Lächeln, den Weg freizugeben. Und schaue mal hin, wie unterschiedlich es sich anfühlt.

In meinem letzten Urlaub habe ich einen buddhistischen Mönch kennen gelernt, der eine unbeschreibliche Ausstrahlung hatte und in dessen Nähe man das echte Gefühl hatte, er liebt diese Erde, die Menschen, die Tiere, das Meer. Es war ein intensives und schönes Gefühl und Hass, Neid, Habgier, Missgunst hatten hier einfach keinen Platz. Konnten sich nicht niederlassen. Er lebt im Hier und Jetzt, ohne großen materiellen Reichtum und doch im vollkommenen Einklang mit dieser so wunderschönen Welt. Spocky von Enterprise hätte eine Augenbraue hochgezogen und wieder gesagt: „faszinierend".

Jeder entscheidet ja selbst über seinen Weg. Ich bin sicher nicht für ein Klosterleben geeignet, aber schwer beeindruckt hat es mich doch.

So kann die Liebe uns im Leben voranbringen und uns in allen Bereichen unseres Lebens einen warmen, angenehmen Grundton geben.

Ich finde es immer schön, wenn Menschen ihre Arbeit mit Liebe machen, mit Sorgfalt und Hingabe und voll darin aufgehen, ohne Mühe, ohne Anstrengung, die größten Leistungen vollbringen, durch die Kraft der Liebe. Ob im Beruf oder im Hobby. Wenn durch die Kraft der Liebe alles in Fluss kommt, fühlt sich das Leben so wundervoll an und alles gelingt mit einer unglaublichen Leichtigkeit und Dinge an denen wir vorher im Kampf und Streit viel Energie und Kraft verloren haben, gelingen uns absolut mühelos. So wie es jetzt für mich keine Arbeit ist, dieses Buch zu schreiben, sondern einfach nur Freude und Spaß. Es fließt und bedarf keinerlei Anstrengung. Dies in allen

Bereichen des Lebens zu erreichen, ist wohl die größte Befriedigung und erlaubt uns ein erfolgreiches und angenehmes Leben zu führen. Durch die Kraft der Liebe und nicht im Kampf und Streit.

Harmonie

Und wieder haben wir es mit Geschwistern zu tun. Die Liebe, die Harmonie und das Glück sind Geschwister, die Hand in Hand gehen und wem es gelingt diese Geschwister als ständige Begleiter zu haben, der wird mit einem schönen Leben belohnt. Und Du weißt ja, es ist kein äußeres Schicksal, sondern Du kannst es selbst bestimmen. Durch Dein denken, durch Deine Einstellung.

Es ist mein Leben

und ich bestimme es selbst!!!

Das sind gute Aussichten!

Harmonie ist das Gegenteil von Zank und Streit. Der Hass kann dann als Verstärker noch dazukommen und vergiftet unser Leben. Macht die Dinge schwer und hart, das Leben fühlt sich zäh an und die Dinge laufen nicht so, wie wir es uns wünschen. Gerichte und Anwälte sind die Teile der Gesellschaft, an denen es sich sehr gut ablesen lässt. Nehmen wir das Beispiel eines Gerichtsprozesses. Beide Parteien haben sehr unterschiedliche Auffassungen zu einem Sachverhalt. Die Anwälte sind sich einig, das meiste Geld ist zu verdienen, wenn sich die Parteien lange streiten. Und in diese Richtung wird dann oft beraten. Der Aufwand ist gewaltig und tonnenweise Papier wird beschrieben, viele Briefe werden geschrieben, vieles so formuliert, das die Betroffenen eh´ nicht daraus schlau werden. Dann geht es vor Gericht und eine Lösung die allen gerecht wird, ist zu diesem Zeitpunkt so gut wie ausgeschlossen. Es gibt dann einen Sieger und einen Verlierer. Wobei das Gewinnen ja nur eine Illusion ist. Der Unterlegene trägt dauerhaften Groll in sich und wird jede Gelegenheit nutzen, sich

Genugtuung zu verschaffen. Dies vertreibt unser Glücksmännchen natürlich nachhaltig. Für den Unterlegenen, der sich Rache wünscht und für den Sieger, der mit permanenten Seitenhieben rechnen muss. Wenn man sich dazu überlegt, welche Ressourcen hier verschwendet werden und was damit erreicht wird, kann man sich eigentlich nur an den Kopf fassen. Was für ein Unsinn.

Jetzt gibt es ja richtig kampfeslustige Menschen, die in jedem einen Feind sehen. Der will mir mein Geld abknöpfen, der nimmt mir meinen Parkplatz weg, der will sich vordrängeln, der macht nicht was **ich** will oder was **ich** befehle, warum macht der nicht was **ich** will, wie kann **ich** den manipulieren, damit er macht, was **ich** will.

All das sind Denkmuster, die zwangsläufig in den Kampf führen. Dieses Schema kann man in vielen Filmen sehr gut beobachten und wenn der andere darauf eingeht, fangen der Quatsch und das Unheil an. Letztendlich ist mit diesem Verhaltensmuster aber unser tief verwurzeltes Lebensziel, glücklich zu sein, nicht zu erreichen. Energie wird verschwendet und das Problem wird nicht gelöst. Dieses Schema gibt es im Kleinen: „Maschendrahtzaun" oder „Mobbing am Arbeitsplatz" und im Großen: „Kriege". Das Ausmaß der Zerstörung ist unterschiedlich. Der Flurschaden in den betroffenen Menschen in jedem Fall erheblich. Unabhängig vom Ausgang der Geschichte.

Letztendlich und in letzter Konsequenz gibt es bei diesem Verhaltensmuster für alle Beteiligten nicht die Möglichkeit zu gewinnen und einen Nutzen aus dem Sachverhalt zu ziehen. Da wir alle Eins sind, schaden wir nicht nur dem Anderen, sondern auch uns selbst. Und die Energie die hier verschwendet wird, fehlt uns in der Umsetzung unserer wahren Ziele.

Was ist die Alternative? Die Harmonie. Jeder kennt den Spruch: „Stell Dir vor es ist Krieg und keiner geht hin."

Man kann es selbst entscheiden. Und wenn jemand versucht uns zu ärgern, dann gehen wir nicht darauf ein. Meist gibt es nach einer

Weile Ruhe, denn es macht für den anderen keinen Spaß. Es ist, als wenn man nicht mitspielt.

Wenn ich zu schnell gefahren bin und eins von diesen wirklich schlechten und überteuerten Fotos bekomme, mit der dezenten Bitte einer kleinen Spende. OK. eigener Fehler, wird bezahlt, gut ist.

Plan B: Anwalt, Streit, aufregen, schimpfen, mit vielen Leuten darüber fachsimpeln. Da geht viel Kraft und Zeit drauf. Damit fange ich dann lieber etwas Besseres an und liege in der Sonne und lese ein gutes Buch, oder ich verwöhne eine schöne Lady. Das ist um Welten besser und erhöht meine Lebensqualität, statt mich um die paar Kröten zu streiten.

Aber echte Harmonie fängt schon viel früher an. Beim Denken. Wenn ich den anderen Menschen mit Wohlwollen und Liebe begegne, dann wird sich die Anzahl der Streitfälle dramatisch reduzieren. Versuche mal mit dem Dalai Lama einen Streit anzufangen. Es wird Dir kaum gelingen. Mit seiner Einstellung: „jeder Mensch sucht nach Glück auf seine eigene Weise" und seiner bedingungslosen Liebe zu den Menschen, ist er in der Lage in sich selbst ein tief greifendes Wohlwollen zu tragen.

Ich weiß es ist ein hohes Ziel und auch mir gelingt es nicht immer, dies umzusetzen, aber machen wir uns auf den Weg. Schenken wir der gestressten Verkäuferin ein Lächeln. Lassen wir den bekloppten Radfahrer einfach abbiegen. Bringen wir einfach ein paar Blumen mit, beraten wir einen Kunden zu seinem Vorteil, fahren wir entspannt und gelassen Auto, verschenken wir Respekt und Wohlwollen, lassen wir zu, dass Andere anders sind. Nehmen wir die Brille unserer Ansichten ab und lassen wir die Anderen anders sein.

Und dann, wenn wir so freizügig geben, wird dies wieder zurückkommen. Mit Zins und Zinseszins. Die Zocker an der Börse würden einen Pakt mit dem Teufel schließen, wenn sie eine so sichere Anlage finden würden, mit einer so absolut sicheren und über die Maßen hohen Rendite. Und Du brauchst noch nicht mal Startkapital dafür.

Es ist in Dir, wie in jedem anderen Menschen. Tief verwurzelt. Und was immer Du denkst, wird Deinen Weg bestimmen.

Urteilen wir nicht. Ganz schwere Übung, aber auch hier macht Übung den Meister.

Nehmen wir die Menschen wie sie sind und haben nachsehen, wenn sie woanders stehen als wir.

Denn die Stärke der Menschheit ist ja nicht, dass wir alle gleich sind, sondern die Vielfalt ist die wahre Stärke der Menschheit. Man stelle sich mal vor, alle Menschen wären Buchhalter oder Eisverkäufer oder Politiker oder Bauern oder, oder, oder. Das wäre wohl nicht wirklich gut. Und schon in der Steinzeit war es wichtig, dass es einen ganz Mutigen gab, der mit dem Löwen gekämpft hat und einen der vorsichtiger war, die Übersicht behalten hat und die Meute geführt hat und auch jemanden der mit viel Geduld Beeren gepflückt hat. Und so macht es die Summe der Talente der Menschen aus, die die Menschheit so stark macht. Unsere Aufgabe ist es, unser Talent zu finden und zu leben. Als Zusatzaufgabe kann man anderen dabei helfen, aber ganz klar, ohne drängeln und einmischen. Wenn wir das akzeptieren und wertschätzen in unserem tiefen Inneren, dann wird Streit kaum noch entstehen.

Zur Harmonie gehört sicher auch das Loslassen. Eine wichtige Kunst.

Solange man sich in einen Streit verwickelt fühlt, hat man den Kopf nicht frei, für die schönen und erfolgreichen Dinge im Leben. Immer wieder kommt der Ärger hoch und vergiftet uns den Tag.

Da sitzen wir auf einer schönen Terrasse am See, die Sonne scheint, ein paar Segelboote ziehen gemächlich über den See und Angler sind auf der Suche nach einem leckeren Abendbrot. Ein freundlicher Ober bringt uns einen ausgesprochen schönen Eisbecher und statt uns genüsslich zurückzulehnen und die Szene mit Inbrunst zu genießen, kommt das Geplapper von hinten angetöffelt und schwätzt uns mit einem Streit von vor 3 Monaten voll. Wir fangen an uns immer mehr aufzuregen. Der den es Betrifft ist vielleicht 1000 Kilometer weit weg und weiß gar nichts mehr davon und wir versauen uns den Tag. Dann ist ja klar, bekommt der wirklich nette Kellner auch noch sein Fett weg. Der arme Kerl kann gar nichts dafür. Und als wir, natürlich ohne Trinkgeld zu geben, bezahlt haben, reißen wir auch noch den Tisch um. Und wer ist Schuld? Selber Schuld! Ich entscheide ob ich mich auf das Geplapper einlasse oder nicht. Und wenn Du Dich wieder in einer solche Situation erwischst, dann fange laut an zu Lachen, schalte das Geplapper ab, genieße den Tag und gebe dem freundlichen Kellner ein ordentliches Trinkgeld. Alles Klar? Und der Tisch bleibt dann auch stehen.

Wir Menschen sind von Natur aus sehr empfänglich für Harmonie, ein schönes Beispiel dafür ist die Musik. Danach sehnen wir uns und Musik ist heutzutage beim Stand der Technik unser stetiger Begleiter. Auch hier wirkt natürlich persönlicher Geschmack und jeder hat so seine Vorlieben, die sich spannender Weise im Laufe des Lebens, zum Teil sogar dramatisch, verändern.

Wenn man im Takt eines langsamen Walzers über die Tanzfläche schwebt, dann kann man Harmonie ganz deutlich spüren. Bis ins tiefste Innerste geht dieses Gefühl. Und verzaubert den Augenblick.

Es ist auch ganz deutlich zu spüren, wenn man aus dem Takt ist, dann ist der Fluss, die Harmonie weg und der Zauber kommt erst wieder, wenn man wieder im Takt ist. Und so wie man als Tanzpaar in absoluter Harmonie über die Tanzfläche schwebt, so soll es auch im Leben sein. Dieses Gefühl ins Leben zu tragen, ist eine große Kunst die mit so unermesslicher Rendite belohnt wird.

Und wenn es uns gelingt unsere Eimerchen mit Liebe und Harmonie zu füllen, dann füllt sich das dritte Eimerchen mit dem Glück von ganz allein. Die drei Geschwister werden unser Leben verzaubern.........

Glück

Jetzt sind wir auf der Zielgeraden. Der Kreis schließt sich von Ganz und wir sind alle Eins kommen wir zu unserem eigentlichen Lebensziel: im Hier und Jetzt glücklich zu sein. Das steckt tief in uns drin. Und der Spruch „jeder ist seines eigenen Glückes Schmied" hat eine besondere Bedeutung. Erst wenn wir uns dem stellen, können wir die Tür zum Glück öffnen und das Leben hinter dieser Tür in aller Pracht und Herrlichkeit genießen.

Was ist Glück? Da gibt es soviel Antworten wie es Menschen gibt. Für jeden bedeutet es etwas anderes. Für den Einen am See angeln und die Stille genießen, der Nächste schwimmt im Meer oder steigt auf einen Berg, der Nächste eröffnet eine Boutique oder erfindet eine kleine aber feine Neuerung. Wieder ein anderer schreibt ein Buch oder illustriert es. Danke Katharina.

Glück ist immer etwas anderes. Aber was hat Glück, dass alle danach suchen. Es ist einfach ein gutes Gefühl. Im Glück will uns alles gelingen, es geht leicht, scheinbar mühelos und unser Körper gerät in Hochform.

Glück kann man nur im Innen finden. Sicher können äußere Umstände es verbessern, aber entscheidend ist ganz einfach, wie ich die Situation bewerte, in der ich bin.

Einer empfindet es als Glück auf einen Berg zu steigen und die Aussicht von oben zu genießen. Für den Anderen ist es einfach nur eine unerfreuliche Plackerei, da raufzukraxeln.

So ein Beispiel ist mir gestern passiert. Im Restaurant in Berlin, schönes Wetter, eine von diesen lauen Sommerabenden die es in Berlin leider viel zu selten gibt. Gemütlich ein gutes Glas Wein in angenehmer Gesellschaft getrunken. Es war einfach schön und ich habe mich sehr wohl gefühlt.

Am Nebentisch zwei Damen bei dem Meisterschaftsversuch, das

sicher schon verschreckte Glücksmännchen zu vertreiben. Brechen die beiden Damen mit dem Kellner eine Riesendiskussion über die Menge an Kaffeesahne zu jeder Tasse vom Zaune. Das ganze Elend dauerte sicher 5 Minuten und der Kellner brachte natürlich noch extra Kaffeesahne. Damit hätte es gut sein können. Aber was so richtig professionelle Glücksmännchenvertreiberinnen sind, die müssen natürlich ganze Arbeit leisten und haben noch eine halbe Stunde rumgetuttert. Das kannst Du aber glauben, da lässt sich das Glücksmännchen so schnell nicht wieder sehen. Aber ok. Da muss man kein Mitleid haben. Selbst gemacht. Gesät und geerntet.

Oder zum Beispiel: Der Regen kann für einen sehr unangenehm sein und lange Schimpfkanonaden auslösen, für einen anderen bedeutet Regen einen freien Nachmittag, weil er den Garten nicht gießen muss und alles prächtig wächst und gedeiht.

So ist das Glück immer eine Frage der Betrachtung. Und wer entscheidet es? Langsam weißt Du es.

So ist Glück letztendlich von unserer Lebenseinstellung abhängig und nur durch uns selbst zu realisieren. Die Auffassung ein Anderer ist für mein Glück verantwortlich und wenn ich unglücklich bin, ist ein Anderer Schuld, funktioniert damit nicht.

Aber das ist ja kein Beinbruch, sondern unsere Riesenchance. Denn wenn ich damit von anderen abhängig bin, sinken meine Chancen automatisch.

Deshalb darfst Du beschließen:

Ich genieße mein Leben,

und bin glücklich!!!!

Und so verrückt es klingt. Es ist eine Frage der **Beschlussfassung**. Klingt vollkommen beknackt, aber wenn man sich die Zeit nimmt und darüber nachdenkt, trägt es eine ganz zwingende Logik in sich.

So suche Dir einen Ort und einen besonders schönen Moment. Einen schönen Sonnenuntergang zum Beispiel und schließe einen Vertrag mit Dir selbst. Das wird sicher keine harte Verhandlung und Du darfst es Dir ausmalen, wie Du willst. Schreibe in den Vertrag, wie glücklich Du sein willst. Was Du alles Schönes erleben willst, mit welchen Menschen Du Dein Glück teilen willst. Mache einen Superdeal!!!

Dann feiere den erfolgreichen Vertragsabschluß mit einem guten Glas Sekt und hänge den Vertrag gut sichtbar bei Dir auf.

Und lass es wirken, schau was passiert und ich würde mich freuen, Dich bei den Affirmationen um 22.00 Uhr zu begrüßen.

Den Vertrag kannst Du regelmäßig überarbeiten und dann bekommst Du auch ein Gefühl für die Veränderungen.

Auf Deinem Weg wird das Glückmännchen des Öfteren auftauchen und Du kannst lernen, es zu sehen und an Dich heran zu lassen. Innezuhalten und zu genießen. Und ich wünsche Dir von ganzem Herzen, dass Ihr Beide, das Glücksmännchen und Du ganz, ganz dicke Freunde werdet.

Das Glück hat noch einen anderen Aspekt, den man oft auf den ersten Blick nicht gleich erkennen kann. Das Leben im Jetzt und Hier.

Lebe ich gedanklich in der Vergangenheit. Gehen mir ständig Dinge durch den Kopf, die ich erlebt habe und ich kann mich davon nicht lösen, so bestimmt die Vergangenheit mein Sein. Die Vergangenheit kann ich aber nicht mehr ändern. Aus und vorbei. Nix geht mehr. Wenn die Gedankenspiralen nicht aufhören wollen und mein Leben bestimmen, ist es schwer sich im Jetzt aufzuhalten und das Leben in dem Moment zu beeinflussen, den ich wirklich beeinflussen kann. Nämlich im Jetzt. Genau dieser Moment. Nicht davor, nicht danach. Einfach jetzt. Bei Kindern kann man es gut beobachten, die sind meist vollkommen im Hier und Jetzt, von einem Moment zum anderen von zu Tode betrübt zu himmelhoch jauchzend. Aber in ihrem Tun immer voll präsent, selbstvergessen, jetzt und hier.

Als Erwachsene haben wir das verlernt. Verstreuen unsere Aufmerksamkeit mit Dingen, die wir nicht mehr beeinflussen können.

Auch die Zukunft kann ich jetzt nicht beeinflussen. Nur die Weichen im Jetzt stellen. Dazu muss ich aber jetzt präsent sein. Denn wenn die Gedanken davor oder dahinter herumschwirren, kann ich jetzt nicht optimal agieren. Ist nur ein Teil meiner Kraft verfügbar. Der Rest ist davor oder dahinter unterwegs.

Dazu gehört auch, dass ich mit meiner Vergangenheit im Reinen bin. Ist oft ein hartes Stück Arbeit. Aus meiner Sicht gehört dazu, Fehler zuzulassen. Denn ich habe noch keinen Menschen kennen gelernt, der noch keinen Fehler gemacht hat. Wer solch ein besonderes Exemplar Homo Sapiens kennt, unbedingt morgen früh um 10.00 Uhr, bei mir abgeben, den will ich sehen und studieren.

Fehler gehören zum Leben dazu und sind oft wichtiger Bestandteil, des Lernprozesses. Sicher gibt es oft sehr ärgerliche Fehler bei denen man sich hinterher in den Hintern beißen könnte. Aber vorbei ist vorbei. Also das Ärgernprogramm nicht als ständigen Begleiter, sondern hinschauen was man daraus lernen kann und auf eine Wolke setzen und loslassen. Noch ein wenig pusten, damit die Wolke mit dem Ärger schneller verschwindet und gut ist. Punkt. Aus die Maus.

Wichtig!! Fehler sind zum Lernen da. Nicht zu oft denselben Fehler wiederholen.

Dann können wir getrost im Jetzt und Hier leben und das Beste aus jedem Moment des Lebens herauszuholen. Ganz entspannt und relaxt. Und natürlich, die absolute Meisterschaft im Genießen erwerben, und dann lässt sich Leben aushalten. Sehr gut sogar. Beim Genießen als wichtige Zutat immer eine gute Portion Dankbarkeit dazu und holla die Waldfee, das Leben fühlt sich richtig gut an. Und in diesem Gefühl vollbringen wir die größten Leistungen vollkommen mühelos. Während andere sich echt einen abrackern müssen, um annähernde Ergebnisse zu erzielen.

Wir alle kennen die Sonnyboys, denen Alles nur so zufliegt und die sich Neid nicht erarbeiten müssen, sondern im Übermaß bekommen, ohne sich anzustrengen. Nun kann man auch mächtig gewaltig neidisch sein. Ist aber irgendwie auch nicht optimal. Oder genau hinschauen und vielleicht, das Eine oder Andere davon selbst anwenden. Denn bei echter Lebensfreude ist natürlich der Erfolg auch nicht weit.

Es ist wie beim Tanzturnier, es gewinnen meist die Paare mit der größten Lebensfreude, die dürfen dann sogar kleine technische Fehler drin haben.

Mit dem Glück ist es sowieso eine komische Sache. Da steckt so ein Selbstverstärkungsmechanismus drin. Geht es mir gut, läuft der Laden, wirke ich auf die Anderen leicht und locker, geht alles ganz geschmeidig und kommt oft noch unerwartetes Glück dazu. Unsere Umwelt reagiert freundlicher auf uns und Türen öffnen sich mit Leichtigkeit, die vorher fest verrammelt waren.

Und ganz langsam ändern sich unsere Denkmuster und Verhaltensweisen und bei vielen Menschen kann man schon im Gesicht erkennen, ob das Glücksmännchen Freund oder Unbekannter ist. Entscheiden wir uns im Gesicht als Glücksmännchenfreund leicht erkennbar zu sein.

Dazu gibt es noch eine ganz einfache Methode die Stimmung in Richtung „Juhu" zu schicken. Die Traumreise. Ganz easy und doch sehr wirkungsvoll. Unser Inneres weiß nämlich nicht, ob der Verstand es wirklich erlebt oder es sich nur vorstellt. Dazu gibt es ganz spannende wissenschaftliche Untersuchungen. Aber ich will mich nicht in die Reihe der langen Wälzerschreiber einreihen.

Also die Traumreise. Denke Dich einfach in Dein persönliches Paradies und umso besser Du es Dir ausmalst und umso herrlicher, schöner, farbenfroher und duftender es ist, umso besser wird Deine Stimmung. Suche Dein Paradies und auch hier gilt, Übung macht den Meister. Erschaffe in Deinem Inneren Dein Paradies und besuche es wann immer Dir danach ist. Im oberlangweiligen Vortrag, in der mit Muffelköppen vollen S- Bahn, am Abend auf der Terrasse, im Auto vor einer geschlossenen Schranke, auf Arbeit in einer kleinen Pause. Und Stück für Stück wird es besser und verscheucht so manchen schlechten Gedanken. Besser als jede Pille.

Meine Traumreise ist eine kleine Halbinsel auf Sri Lanka, da sitze ich auf einem Felsen, das Meer singt leise seine Melodie, eine leichte Brise spielt mit meinem Haar und schickt den Duft des Meeres. Möwen ziehen ihre Bahnen, ein Fischer lehnt an seinem Boot und lässt sich von der Sonne wärmen. Die Sonne macht sich bereit ins Bett zu gehen und hat für heute ganz bezaubernde Farben ausgewählt. Meine Frau lehnt sich an meine Schulter und schenkt mir einen Blick, in dem sich unsere Seelen berühren. Wortlos genießen wir den Augenblick. Wow!!!!

Puh, da muss ich erstmal Luft holen.

Nun haben wir einen großen Bogen geschlagen. Angefangen damit, dass alles Eins ist, zu unserem eigenen Glück. Und hier schließt sich der Kreis. Und schließt alles ein, was wir brauchen um ein schönes und erfülltes Leben zu leben. Nicht nur im Lesen und Denken, sondern und das ist das Entscheidende, im Tun.

Darin voll von Glück, das ist es!!!!!!!!!

Mach Dich auf den Weg!!!!

Jaaaa!!!!!!!!

Dieses Ja ist so ein kleines Zauberja. Es verstärkt die Affirmation gewaltig und bringt einen wichtigen Aspekt zur Geltung. Die Affirmation nur vom Verstand aufgesagt, bringt nur eine begrenzte Wirkung. Wie beim tanzen, wenn ich die Tanzschritte abtappe. Tipp, tapp. Jeder Anfänger fängt so an, aber wer den Weg bis zum guten Gefühl schafft, dessen Wirkung wird gewaltig. Es fühlt sich anders an und es sieht auch ganz anders aus.

Und so bringt das „Ja" am Ende noch das so notwendige positive Gefühl. Wie bei einem Tor unserer Mannschaft das zackige Ja oder das Schacka, schacka oder was immer an Freuden schreien in ist. Oder das lang gezogene gefühlvolle Jaaaahhhhhh!!! Geht auch gut.

Das Gefühl ist hier der notwendige Verstärker, der natürlich durch das Bewusstsein, dass viele, viele diese Affirmation jetzt auch sprechen, noch weiter verstärkt wird.

Dieses positive Gefühl wird uns verändern und auch das Verhalten unserer Umwelt wird sich verändern. Ganz allmählich, aber spürbar. Wir strahlen es aus. Und wenn die Menschen in unserer Nähe sich richtig wohl fühlen, werden die vielen kleinen Wunder wahr, die unser Leben so schön und lebenswert machen.

Versuche die Affirmation mit viel Gefühl zu versehen, nicht runterrattern und Weltrekordzeit erreichen, sondern in Ruhe und Gelassenheit, entspannt, relaxt und mit viel Gefühl. Fühle in die Worte, lasse sie fließen und werde Eins mit ihnen. Wie steter Tropfen, werden sie Dein Sein verändern und damit vom Innen zum Außen, zu Deiner Realität. Zu Deinem neuen Leben. Zu unserem neuen Leben, im Eins sein.

Wir sind

und Glück ganz perfekt

Harmonie

stark

Liebe

mächtig reich

Joy lieb

Das Tun

Ich habe viele Bücher gelesen, die mich begeistert haben. Ich habe versucht Dinge aus den Büchern anzuwenden. Ich habe wieder neue Bücher gelesen, in denen steht wie wird man reich, wie wird man glücklich, wie findet man zu sich selbst.

Und so kann man sein Leben lang lesen, ohne seinen Zielen näher zu kommen. Entscheidend ist der Schritt zum Tun. Dieses kleine Büchlein, ist ein kleiner, aber starker Anfang. Deshalb jeden Abend um 22 Uhr die gemeinsame Affirmation. Das ist der erste kleine Schritt zum Tun. Vielleicht der Virus der neugierig macht auf mehr. Schaue Dich um und schau, was es an weiteren Möglichkeiten gibt. Finde Gleichgesinnte. Und finde das Hemd, das Dir passt. Und Du wirst es wissen, wenn Du es gefunden hast. Höre auf Deinen Bauch. Er ist ein verlässlicher Wegweiser. Zum Abschluss möchte ich Dir noch einige Bücher empfehlen, die hier tiefer in das Thema eintauchen und viele Dinge ausführlich erklären und erläutern, die ich hier nur angerissen habe.

Es ist sicher ganz sinnvoll, dieses Büchlein alle halbe Jahre wieder in die Hand zu nehmen und durchzulesen. Daran kann man die Entwicklung erkennen und bekommt ein Gefühl für den Weg den man zurückgelegt hat.

Eine sehr gute Idee ist es auch, sich selbst einen Brief zu schicken, der in einem halben Jahr angeflogen kommt. Das geht auch mit einer E-Mail, aber der altmodische handgeschriebene Brief ist sicher in der Wirkung stärker. Das gibt mitunter einen großen Aha- Effekt, da man oft die eigene Entwicklung kaum spürt. Man ist ja täglich mit sich selbst zusammen. Und ausbüchsen geht ja nicht. Manch einer versucht es, vor sich selbst wegzulaufen, die Erfolgsaussichten sind allerdings nicht wirklich gut.

Ich würde mich freuen, Dich bei unserer gemeinsamen abendlichen

Affirmationen begrüßen zu können, denn die Wirkung geht weit über uns hinaus und schafft positive Wirkung für die Menschen, die Natur und die Welt.

Warum? Das finde selbst heraus, die Antwort ist verblüffend!!

Danke!!!!

Viola, hat mir in 1 ½ Wochen gezeigt wie Leben geht, wie Glück geht......
In tiefer Dankbarkeit

Katharina, für den starken warmen Rückenwind, Du hast immer an das Projekt geglaubt und warst immer für mich da und natürlich für die zauberhafte Illustration.
In tiefer Dankbarkeit.

Marion, für die Geduld und Ausdauer, sozusagen mein Erdungskabel, wenn ich wieder mal zu hoch fliege und Marion kann tanzen, wow....
Eine absolut sichere Bank für Lebensfreude und Genuss
In tiefer Dankbarkeit

Mein Vater, für Alles
In tiefer Dankbarkeit

Herr Steinhauer, der mir in einer ganz wichtigen Phase meines Lebens, mit viel Geduld und Einfühlungsvermögen den richtigen Weg gewiesen hat und mit seiner ruhigen und ausgeglichenen Art immer ein Fels in der Brandung ist.
In tiefer Dankbarkeit

Petra, die immer ein offenes Ohr für mich hat und sehr wertvolle Ratschläge und Tipps gegeben hat. Sie hat mir wichtige Impulse für meinen spirituellen Weg gegeben. Ja, und auch eine begnadete Tänzerin
In tiefer Dankbarkeit

Jörg, seines Zeichens Tanzlehrer und guter Freund. Hat mir gezeigt was Tanz und echte Lebensfreude bedeuten. Hat meine Eimerchen Glück und Harmonie immer bis zum überlaufen gefüllt.
In tiefer Dankbarkeit

Ich danke auch den vielen Menschen die für mich da sind und mich tatkräftig unterstützen, mit Geduld, Hingabe und Herzlichkeit. Auch wenn ich leider nicht alle aufzählen kann

Danke!!!!!!

Literaturempfehlung

Ganz kurz vornweg. Ich gebe hier eine kleine Auswahl der Bücher die ich gelesen habe und dazu meinen persönlichen Eindruck. Denn es ist hilfreich, hier weiterzumachen. Es ist auch die Literaturliste, auch wenn ich nicht wörtlich zitiert habe, sind einige Gedanken dieser Werke natürlich in meinem kleinen Buch enthalten.

The Secret (das Geheimnis)
Von Rhonda Byrne
Arkana München
ISBN 978-3-442-33790-3

Ein sehr ergreifendes Buch, voller Energie und Wahrheit. Gibt es auch als CD. Sehr empfehlenswert, da es in einfacher verständlicher Form, die spirituellen Grundlagen für ein besseres und erfülltes Leben darstellt. Für viele, der Einstieg in diese Richtung.

Für den, der es seinem Verstand beibiegen will, kann ich zwei Werke empfehlen, die sich hauptsächlich aus der naturwissenschaftlichen Schiene anschleichen. Aber Vorsicht, hier wird mit echter Physik gearbeitet und so mancher hat ja aus Schulzeiten noch eine gut gepflegte Physikallergie, mit Pusteln im Gesicht, Hautausschlag und Fieber......

Im Einklang mit der göttlichen Matrix
Gregg Braden
KOHA- Verlag GmbH Burgrain
ISBN 978-3-86728-021-1

Dieses Buch beschreibt in anschaulicher Weise, wie die Naturwissenschaft sich mit der spirituellen Welt verbindet und sich der Kreis schließt. Es werden faszinierende Versuche und Untersuchungen dargestellt und bildet damit für den Verstand die Möglichkeit diesen Weg mitzugehen. Denn es müssen ja schließlich alle mit.

Die Entstehung der Realität
Jörg Starkmuth
Verlag J. Starkmuth
ISBN: 978-3-00-0145593-3
www.schoepfungsprizip.de

Hier stellt Jörg Starkmuth sein Weltbild vor. Finde ich sehr spannend, von vielen Seiten wird hier beleuchtet, wie unsere Realität entsteht und wie wir selbst darauf Einfluss nehmen können. Man muss etwas Zeit investieren, kann dafür aber eine reiche Ernte einfahren.

Das Master Key System
Charles F. Hannel
Ins deutsche von Helmar Rudolph und Franz Glanz
Master Key Media Ltd & Co. KG
ISBN-13: 978-3-9812023-2-8
www.masterkeysystem.de
www.mrmasterkey.com
Ganz spannende Geschichte und Hauptschuldige an der Entstehung dieses Buches. Herr Charles F. Hannel hat dieses Buch 1912 in USA veröffentlicht. Daher in seiner Sprache und Weltsicht sicher nicht vollständig in unserer Zeit. Und es ist erst vor wenigen Jahren ins Deutsche übersetzt worden. In seinem Aufbau und als echtes Studienwerk dringend zu empfehlen.

Warum? Weil es den Bogen vom Lesen zum Studieren und Tun schlägt. 24 Lektionen a´ 1 Woche, gibt ein halbes Jahr intensive Arbeit mit täglichen Übungen. Entscheidend ist aber die Wirkung. Und wenn ich mich darauf einlassen kann, wird sich das Leben echt zum Positiven verändern. Dazu gibt es auf der Internetseite umfangreiche ergänzende Angebote.

Ratschläge des Herzens
Dalai Lama
Diogenes Verlag AG Zürich
ISBN: 978-3-257-23534-0

Es ist immer wieder schön die einfache und klare Sichtweise des Dalai Lama zu lesen. Das Leben gibt ihm alle Chancen verbittert zu sein und er findet eine beeindruckende innere Stärke und Kraft. Und bleibt dabei doch immer auf dem Boden. Da kann man immer wieder reinschauen und findet immer aufs Neue Inspiration.

Paolo Coehlo
Gesamtes Werk

Ich verehre Paolo Coehlo sehr. Seine Werke sind sehr leicht zu lesen, haben einen schönen Fluss und doch eine sehr tiefe Aussage. Wie ein roter Faden zieht es sich durch seine Bücher, das der Mensch seine Bestimmung findet und sie lebt. Besonders gut fand ich „der Alchimist" als Einstieg in die spirituelle Welt. Und „11 Minuten" in der er sein Hauptthema und die Sexualität auf mitreißende und faszinierende Art miteinander verbindet.

Bärbel Mohr

Mittlerweile ein recht umfangreiches Werk. Für mich der Anfang: „Bestellungen beim Universum"
Entwickelt sich immer weiter und zeigt einen sehr praktischen Weg, sein Leben schöner und besser zu gestalten. Darf man ruhig rein-

schauen und entscheiden. Das ist, glaube ich, der direkte Weg. Zumal Bärbel Mohr und Ihr Mann Manfred Mohr auch entsprechende Kurse anbieten. Schaut auf die Internetseite, dort gibt es reichlich Inspiration.
www.baerbelmohr.de

Eva-Maria & Wolfram Zurhorst

Eine ganze Serie interessanter Bücher unter dem Motto „Liebe Dich selbst". Das heißt den Ansatz im Selbst zu suchen. Die Bücher sind aus dem eigenen Leben der Beiden geschrieben und damit sehr authentisch. Sie haben mich sehr inspiriert und mir einen richtigen Schubs gegeben. An diesem Buch tragen die Beiden eine „Mitschuld" (Lach). Die Beiden bieten auch Seminare an.

Jetzt könnte ich noch meine ganze Bücherei auflisten. Es sind viele spannende Bücher dabei. Suche selbst und meine Erfahrung ist die, dass das rechte Buch zur rechten Zeit zu mir kommt. Vertraue Deinem Gefühl. Und meine Buchsammlung besteht aus scheinbar zufälligen Empfehlungen von guten Freunden, aus Intuition im Buchladen und scheinbar zufälligen Schenkungen. Das rechte Buch zur rechten Zeit wird Dich finden, wenn Du die Augen aufhältst. Und dass dieses Buch den Weg zu Dir gefunden hat, ist ja vielleicht auch kein Zufall...........

Wir sind

ganz, perfekt und dankbar

stark, mächtig und reich

voll Liebe, Harmonie und Glück

Ja!!!